Uwe Goeritz

Der Gefolgsmann des Königs

Bibliografische Information der Deutschen Nationalbibliothek:

Die Deutsche Nationalbibliothek verzeichnet diese Publikation in der Deutschen Nationalbibliografie; detaillierte bibliografische Daten sind im Internet über http://dnb.dnb.de abrufbar.

© 2014 Uwe Goeritz

Coverbild: Uwe Goeritz / Jana Goeritz

Herstellung und Verlag: BoD – Books on Demand, Norderstedt

ISBN: 978-3-7357-2281-2

Inhaltsverzeichnis

Der Gefolgsmann des Königs 1
   Drei Brüder 2
   Das Dorf 8
   Die Männer des Bischofs 16
   Ein Sonntag im Gebet 22
   Der blinde Mönch 28
   Eine Hochzeit zu viert 33
   Ein Frühlingssonntagabend 37
   Am See 41
   Eine schreckliche Nacht 45
   Übung macht den Meister 49
   Ein Winter an der Elbe 53
   Auf dem Weg zur Schlacht 57
   Am Randes des Waldes 61
   Ein verzweifelter Kampf 65
   Auf dem Weg der alten Götter 70
   Der Bote des Königs 76
   Ein Streit 80
   Drei Schwägerinnen 84
   Die Schlucht des Wolfes 88
   Vom König zum Kaiser 92
   Der Abschied 96
   Alles gewinnen oder alles verlieren 100
   Die Burg 104

Aufbruch in eine neue Zeit 108

Der Gefolgsmann des Königs

Aus dem Dunkel der Zeit erhob sich ein Volk um unter der Führung eines Kaisers in die Zukunft zu gehen. Am Anfang waren es viele Stämme unter vielen Göttern um am Ende geeint unter einem Gott ein Volk zu bilden.

Diese Geschichte spielt am Anfang dessen was wir heute Deutschland und das deutsche Volk nennen. Die handelnden Figuren sind zu großen Teilen frei erfunden aber die historischen Bezüge sind durch archäologische Ausgrabungen, Sagen und Überlieferungen belegt.

1. Kapitel
Drei Brüder

Es war ein nebeliger Apriltag des Jahres 952. Auf einer Waldlichtung waren Sägen und hiebe einer Axt zu hören. Über der Lichtung kreisten krächzend die Raben als ob sie über den Lärm schimpfen würden. Eine Gruppe von Männern war dabei eine mächtige Eiche zu fällen. Einer ragte durch seine Körpergröße aus der Gruppe heraus. Obwohl es nicht allzu warm war hatte er sein Wams abgelegt und arbeitete im Hemd mit der schweren Axt am Stamm des Baumes. Seine Muskeln spannten sich an wenn er zuschlug. Bei jedem Hieb flogen Späne umher. Von der anderen Seite arbeiteten sich zwei Männer mit einer Säge zur Mitte des Baumes vor. Sie waren etwas kleiner als der Mann mit der Axt hatten aber ähnliche Gesichtszüge. Die drei Männer waren Brüder und die Anführer der kleinen Gruppe.

Einer der beiden an der Säge rief "Berthold, wir sind fast in der Mitte." Der Mann mit der Axt hielt in seiner Arbeit inne und antwortete "Ja Wolfgang, ich hole die Keile." Die beiden hörten auf zu sägen und legten die Säge ab. Berthold hatte die Axt an einen seiner Helfer übergeben. Dieser verzog das Gesicht als er die Axt übernahm und diese ihm fast auf den Fuß fiel. Er war nicht so kräftig und Berthold bemerkte seine Not. Schnell griff Berthold wieder zu und sagte "Friedrich, du solltest nicht so unvorsichtig sein." Friedrich nickte und legte die Axt ins Gras. Berthold holte die Keile aus seiner Tasche, welche er an einen anderen Baum gehängt hatte. Mit den Keilen trat er zu seinem Bruder Wolfgang. Dieser setzte die Keile in die Sägenut. Berthold griff wieder zur Axt, und nachdem er alle aus der Fallrichtung des Baumes heraus dirigiert hatte, schlug er mit der Rückseite der Axt die Keile in den Baum. Nach wenigen Schlägen begann der Baum zu knarren und bewegte sich langsam in Richtung der Lichtung. Schnell trat er zurück damit ihn der beim fallen sicherlich zurückschnellende Baum nicht treffen konnte. Mit einem lauten Geräusch schlug der Baum auf der Lichtung auf.

Komisch dachte sich Berthold, mein Urgroßvater hatte diese Eichen noch als heilige Bäume betrachtet. In ihrem Schatten hatte er an den Versammlungen der Stämme teilgenommen und nun baut er, Berthold, sich sein neues Haus aus ihrem Holz. Erst in der letzten Woche hatte er seine Johanna zum Weib genommen. Ein Lächeln zog über sein Gesicht wenn er an sie dachte. Sie kannten sich schon seit Jahren und nun waren sie Mann und Frau. Er hatte sie einst in der Kirche kennengelernt als sie mit ihren Eltern in das Nachbardorf gezogen waren. Genau in der Kirche in der er sie nun geheiratet hatte.

Wolfgang riss ihn nun aus seinen Gedanken als er ihm die Hand auf die Schulter legte. Wolfgang war ein paar Jahre jünger als er und der jüngste der drei Brüder. Da sie den Vater vor Jahren verloren hatten war Berthold das Oberhaupt der Familie und auch der ganzen Dorfgemeinschaft geworden. Er hatte dieses Amt früh übernehmen müssen da ihr Vater von einem Kriegszug nicht wieder Heimkehrte.

Wolfgang bat seinen Bruder um die Axt damit er die Äste der Eiche vom Stamm trennen konnte. Diese bitte brachte Berthold wieder zurück. Ja, er musste weiterarbeiten damit sein Haus fertig wird und er mit seiner Frau nicht mehr bei den Brüdern wohnen musste. Ein neues, größeres Haus sollte es werden für ihn, seine Frau und die Kinder die sie sich wünschten. Einige Stämme hatten sie schon in das Dorf gebracht und die erste Lage des großen Hauses war schon gelegt. Noch war es zwar erst Kniehoch, doch mit etwas Phantasie konnte man das Haus schon erkennen. Sie würden bestimmt noch zehn der großen Stämme brauchen. Wolfgang hatte Recht, sie sollten weiterarbeiten damit sie vor Einbruch der Dunkelheit wieder im Dorf sind.

Jetzt war die Sonne schon hoch am Himmel und der Weg mit dem schweren Stamm war auch noch weit. Mit einigen schnellen, kraftvollen Schlägen trennte Wolfgang einen dicken Ast ab. Sein Bruder Karl, der mittlere der drei Brüder, sägte in der Zwischenzeit mit Friedrich an einem anderen Ast.

Alle waren diese Arbeit im Wald gewöhnt. Im Winter, wenn der Schnee auf den Felder lag und die Feldarbeit ruhte, arbeiteten sie oft im Wald. Für die Baustelle des Klosters in Magdeburg hatten sie schon oft Eichen und andere Bäume geschlagen. Doch nun fällten sie die Bäume für das Haus ihres Bruders. Da ging die Arbeit noch einmal so flott von der Hand.

Berthold war der erste der drei Brüder der geheiratet hatte. Da er das Oberhaupt der Familie war durften die anderen nach ihrer Familientradition noch nicht heiraten. Nun waren Karl und Wolfgang froh, dass Berthold verheiratet war, denn nun konnten auch sie Pläne machen. Doch auch dabei hatte Berthold zu entscheiden.

Nachdem alle Äste und Zweige vom Stamm geschlagen waren holte Friedrich die zwei braunen Pferde mit den zotteligen Mähnen die auf der Wiese in der Nähe standen und spannte sie vor den mächtigen Stamm. Während Karl, Wolfgang, Friedrich und die anderen mit dem Stamm in Richtung Dorf zogen suchte Berthold noch den Stamm aus den sie am nächsten Tag fällen wollten.

Plötzlich vernahm er ein Geräusch aus dem Unterholz in der Nähe. Es klang wie ein Schnauben und scharren. Berthold drehte sich um und sah einen riesigen, schwarzen Keiler direkt vor sich, der im Unterholz stand und ihn anstarrte. Ein leiser Schrei entfuhr Berthold und seine Brüder, die schon ein Stück des Weges gegangen waren drehten sich schnell um. Nun sahen auch sie den Keiler der sich langsam aus dem Unterholz vorwärts bewegte.

Eigentlich gingen die Wildschweine den Menschen aus dem Weg. Berthold und die Männer seiner Gruppe jagten oft im Winter nach ihnen wenn sie die Fleischbestände im Dorf ergänzen mussten. Doch dieser Keiler war anders. Auf einmal bemerkte Berthold den abgebrochenen Eckzahn des Keilers und er erinnerte sich, dass sie ihn im Winter gejagt hatte. Ein Pfeil hatte ihn damals aber nur verwundet. Nun wollte sich der Keiler offenbar rächen.

Man könnte denken, dass der Keiler das abziehen der Männer abgewartet hätte und nun, da Berthold alleine war, seine Rache vollenden wollte. Berthold griff zum Messer an seinem Gürtel. So Auge in Auge mit dem Wildschwein und nur mit einem Messer bewaffnet zögerte Berthold einen Moment. Sollte er warten bis die Brüder mit den Speeren zurückgeeilt kamen oder sollte er das Schwein angreifen.

In diesem Augenblick nahm ihm das Wildschwein die Entscheidung ab in dem es vorwärts auf die Lichtung stürmte. Berthold rettete sich mit einem Sprung zur Seite und er spürte wie ihn das Schwein streifte. Ein Schmerz durchzuckte ihn. Der Keiler hatte mit dem abgebrochenen Eckzahn sein Bein verletzt. Der Mann wirbelte herum und versuchte das Schwein zu packen. Nur nicht in die Nähe der Eckzähne gelangen war die Devise. Berthold sah sich vor, konnte aber nur ein Ohr erwischen. In der einen Hand das Messer in der anderen das Ohr des Schweins so stand er da und versucht hinter dem Schwein zu bleiben welches sich heftig wand.

Ein wilder Kampf entbrannte. Das Schwein versuchte Berthold auf die Hauer zu bekommen und dieser versuchte hinter dem Schwein zu bleiben und mit seinem Messer, dasselbe zu treffen. Keiner von beiden war in der Lage dem anderen etwas zu tun. Das Schwein blieb dem Messer fern und der Mann versucht den Hauern auszuweichen. Beide drehten sich im Kreis, das Gras flog umher und Holzstücken knackten.

Durch ihren verbissenen Kampf bemerkten beide nicht, dass sich Karl mit einem Speer näherte. Im vollen Lauf rammte er den Speer dem Schwein in die Seite. Dieses Quiekte auf und brach zusammen. Berthold nutzte die Gelegenheit dazu um mit seinem Messer den Kampf zu beenden. Das Schwein zuckte kurz zusammen und verstummte.

Der Kampf war vorbei. Berthold sank auf die Knie und danke Gott, dass er den Kampf überlebt hatte. Nun kamen die anderen ebenfalls angelaufen, nur Friedrich war bei den Pferden geblieben, sie betrachteten das Schwein und die Wunde an Bertholds Bein. Wolfgang nahm ein Tuch und verband das Bein. Zum Glück war die Wunde nicht so tief. Berthold war froh, dass er instinktiv zur richtigen Seite gesprungen war. Auf der anderen Seite des Schweins, mit dem intakten Eckzahn, hätte die Sache böse ausgehen können.

Nun nahmen sie das Schwein auf, es war so schwer, dass zwei Männer es heben mussten. Wolfgang und ein weiterer Mann schleppten es zu dem Baumstamm und legten es darüber. Berthold hinkte, gestützt auf seinen Bruder Karl, hinterher. Langsam setzte sich der Zug wieder in Bewegung, diesmal blieb niemand zurück und alle waren froh, dass der Kampf mit dem Schwein so gut ausgegangen war. Berthold hatte überlebt und sie hatten auch das Schwein erlegt, das sie im Winter nicht fangen konnten.

Damit gab es nun zweimal Grund zu einer Feier und bestimmt war Johanna auch froh, dass alles so glimpflich abgegangen war. Bei dem Gedanken an Johanna zog wieder ein Lächeln auf Bertholds Gesicht nur um kurz darauf, beim nächsten Schritt, durch den Schmerz der Wunde wieder zu verschwinden.

2. Kapitel
Das Dorf

Johanna trat durch die Tür des Hauses ins Freie. Sie blinzelte in die Sonne als sie aus dem dunklen Raum trat und richtete ihr Haar. Sie trug heute das erste Mal ihr neues Kleid, welches ihr von ihrem Vater als Morgengabe nach der Hochzeit überreicht worden war. Als Frau des Gemeindeoberhauptes war sie nun diejenige welche über die Geschicke der Frauen und die Arbeitseinteilung im Dorf bei der alltäglichen Arbeit zu entscheiden hatte. So richtig hatte sie sich noch nicht daran gewöhnt doch sie wusste ja schon wie es geht. Ihre Mutter war in ihrem Heimatdorf, etwa eine halbe Tagesreise entfernt, ebenfalls für diese Tätigkeiten zuständig.

Sie ließ ihren Blick über das kleine Dorf schweifen. Etwa ein dutzend Wohnhäuser mit ebenso vielen Ställen gab es in ihrem Dorf. Die Häuser waren Langhäuser, die jeweils von einer Familie bewohnt wurden. Sie waren mit Schilf gedeckt und in einen Wohn- und einen Schlafbereich eingeteilt. Im vorderen Bereich des Hauses befanden sich immer die Feuerstellen und dahinter Tisch und Bänke.

Von drei Seiten wurde das Dorf von einer dichten Hecke umschlossen. An der vierten Seite klaffte eine große Lücke. An dieser Stelle hatten sie begonnen ihr neues Haus zu errichten. Dafür musste die Hecke weichen, es wäre sonst kein Platz mehr gewesen.

Früher sollte die Hecke das Dorf vor den wilden Tieren schützen doch mit dem zunehmenden verschwinden des Waldes zogen sich auch die wilden Tiere zurück in das Dunkel der Dickichte. Die Hecke hatte ihre Berechtigung verloren und musste den neuen Zeiten nun

Stück für Stück weichen. Johanna ging an den offenen Schweineställen vorbei zu der Baustelle auf der gesägt und gehämmert wurde.

An einem Langhaus sah sie Magda auf einem Hocker sitzen. Sie hatte einen Webrahmen vor sich auf dem sie mit Garn ein Stück Stoff webte. Dieses Garn hatte sie in der letzten Woche bei ihren Schafen geschoren, anschließend versponnen und mit verschiedenen Beeren und Kräutern gefärbt. Das Stück Stoff bekam durch die verschiedenen Fäden ein ganz spezielles Muster. Magda war sehr geschickt und die Arbeit ging ihr schnell von der Hand. Neben ihr, auf der Türschwelle des Hauses, saß ihre Großmutter und flocht mit Weidenzweigen einen Korb. Als diese Johanna bemerkte hielt sie mit der Arbeit inne, legte den Korb ab und nickte ihr freundlich zu. Johanna begrüßte die alte Frau und jetzt sah auch Magda von ihrer Arbeit auf. Nun wendete sich Johanna wieder ihren Weg zu.

Sie sah zum Feld hinüber. Sie hatten mit der Hochzeit gewartet bis die Saat in der Erde war. Jetzt war es die Aufgabe der Kinder mit Stöcken die Vögel davon abzuhalten die Saat wieder herauszupicken. Die Kinder jagten sich den ganzen Tag über das Feld und damit hatten auch die Vögel keine Möglichkeit dazu sich satt zu fressen.

Auch die Hühner mussten vom Feld abgehalten werden. Wenn doch mal eines entwischte machten sich die Kinder einen großen Spaß daraus das Huhn wieder einzufangen und in die Umzäunung zurückzubringen. Der Fänger erhielt dann von der alten Großmutter, welche die Hühner beaufsichtigte, eine Leckerei und darauf waren alle Kinder aus.

Johanna blickte zu Gundula hinüber die sich gerade mit einem Eimer auf den Weg zu den drei Kühen machte. Diese grasten auf einer Wiese und muhten schon als sie Gundula sahen. Die Frau war ein paar Jahre jünger als Johanna und hatte ihre langen braunen Haare zu einem Zopf zusammengebunden. So störten die Haare nicht bei der Arbeit und es sah fast wie ein Pferdeschwanz aus. Johanna schmunzelte bei dem Gedanken und ging weiter auf ihrem Weg zur Baustelle.

Einige Männer schleppten Bretter an ihr vorüber und sie trat einen Schritt zur Seite um sie nicht zu stören. Einige Balken ragten in den Himmel und an den Seiten waren die Bretter bis zur halben Höhe angeschlagen. Es würde wohl noch eine Woche dauern bis die Männer mit dem Haus fertig wären und sie einziehen konnten. Das Schilf für das Dach hatten sie an einem kleinen See in der Nähe geholt, zu Bündeln zusammengebunden und an die Seite gelegt. Es war ein ganz schön großer Berg an Schilf.

Aus der Ferne hörte sie die Glocken des Klosters von Magdeburg. Die Mönche wurden zur Abendandacht gerufen und Johanna begann sich sorgen zu machen. Die Männer waren doch schon so lange im Wald und sollten schon vor einer Stunde wieder zurück sein. Immer wieder schaute sie in die Richtung des Waldes in welche die Männer am Morgen gezogen waren um Bauholz zu holen. Kein Vogel kreiste über dem Wald. Johanna wusste, dass die Männer noch weit im Wald sein mussten. Hoffentlich schafften sie es noch vor Einbruch der Dunkelheit. Sie fühlte sich unwohl bei dem Gedanken, nachts im dunklen Wald zu sein und das wollte sie auch für die Männer nicht.

Plötzlich sah Johanna aus dem Augenwinkel heraus, dass sich die Vögel im nahen Wald erhoben. Sie war erleichtert, ahnte sie doch, dass nun die Männer heimkehrten. Nach kurzer Zeit sah sie die beiden braunen Pferde am Waldessrand erscheinen und erschrak. Berthold war doch immer der erste, immer vornweg und durch seine Größe auch von weitem gut zu erkennen. Doch diesmal war er nicht zu sehen. Das konnte nichts Gutes bedeuten. Auch die Männer auf der Baustelle schauten auf und auch sie bemerkten Bertholds fehlen. Sie schauten sich betreten an und der eine oder andere schaut auch auf Johanna.

Nun war die ganze Gruppe der Männer aus dem Wald und Johanna sah auch ihren Mann. dieser hinkte, auf seinen Bruder gestützt, hinterher. Daher waren sie also nicht schneller vorwärts gekommen dachte Johanna und sie war froh, dass ihr Berthold noch lebte. Der Schreck steckte ihr noch in den Gliedern und sie eilte mit ein paar der Männer der Gruppe entgegen.

Auch die Kinder am Feldessrand hatten die Männer bemerkt. Sie stellten ihre Spiele ein und ein paar von ihnen liefen der Gruppe entgegen. Sie begrüßten ihre Väter. Johanna war nun ebenfalls bei der Gruppe angelangt. Sie bemerkte etwas großes, schwarzes was über dem Stamm hing. Die eine Seite mit dem Schwanz und den Hinterpfoten hing zu ihrer Seite herab und sie erkannte wie groß das Schwein war welches die Männer mit in das Dorf brachten. Nun hatte sie ihren Mann erreicht, er lächelte sie an und sagte "Nicht viel passiert." Sie dachte sich, er untertreibt mal wieder sonst würde er ja nicht hinken. Etwas musste also passiert sein. Der Verband an seinem Bein war rot von seinem Blut und nun übernahm Johanna die Führung ihres Mannes.

Die Spitze des Zuges hatte nun die Hecke erreicht, der Schmied Siegfried, der bis gerade eben noch Nägel für Bertholds Haus gefertigt hatte, trat vor seine Hütte. Genau in dem Moment als der Stamm vor ihm zum stehen kam weil Friedrich die Pferde angehalten hatte. Auch er bemerkte das Schwein auf dem Stamm und er erkannte es wieder da die Kopfseite zu ihm zeigt und der abgebrochen Hauer deutlich zu erkennen war. "Ihr habt das Schwein also erlegt." rief er den Männern zu. Berthold, auf seine Frau gestützt, trat an Siegfrieds Seite. Siegfried war etwas kleiner als Berthold, doch was ihm an Körpergröße fehlte, das hatte er in der Schulterbreite mehr. Der Umgang mit Eisen, Schmiedehammer und die Arbeit in der Schmiede hatten ihre Spuren in seinem Körperbau deutlich hinterlassen.

Nun sprach Berthold zu der kleinen Schar. "Siegfried und Wolfgang, nehmt das Schwein aus und bereitet es für den Spieß vor. Heute ist es schon zu spät aber morgen wollen wir uns den unverhofften Leckerbissen gut munden lassen. Das ganze Dorf soll an dem Festmahl teilhaben es ist ja genug für alle da."

Wolfgang und Siegfried nahmen das Schwein vom Stamm und Friedrich brachte die Pferde wieder in Bewegung. Der Baum wurde zur Baustelle gebracht und Friedrich brachte die Pferde, nach dem Ausspannen, in den Stall.

Das Schwein wurde ausgenommen, so wie Berthold es angewiesen hatte, gehäutet und auf den Spieß gesteckt. Diesen hatte Siegfried immer in seiner Schmiede bereitstehen. Man wusste ja nie wenn man ihn brauchen konnte dachte er noch und er freute sich schon auf den leckeren Braten den es am nächsten Tag geben sollte. Das Fell des Schweines wurde zum trocknen auf die Seite des Hauses gehängt und mit Nägeln gespannt. Sie würden es am nächsten Tag den Frauen zum gerben übergeben.

Kurz nach Sonnenaufgang des nächsten Tages sattelte Johanna Bertholds Pferd um zu Edith zu reiten. Edith war Bertholds Schwester, da sie in den Raunächten geboren war hatte die Natur ihr viele Gaben mitgegeben, welche den Dorfbewohnern nicht ganz geheuer waren. Daher hatte Berthold ihr eine kleine Hütte am Rande des Waldes, etwa eine halbe Stunde vom Dorf entfernt, gebaut. Er hatte Edith unter seinen persönlichen Schutz gestellt so das ihr nichts passieren konnte.

Zu ihr nun machte sich Johanna auf den Weg der Mittagssonne entgegen. Sie passierte die große Hecke und ritt am Feld entlang zu dem kleinen Bach am Ende der Wiese. Gundula hütete dort gerade die drei Kühe und sie begrüßten sich kurz. Am Bach entlang konnte man den Weg nun nicht mehr verfehlen. Am Waldrand sah sie nun schon die kleine Hütte, Rauch stieg aus der Feuerstelle auf. Edith war also in ihrer Hütte.

Die kleine Behausung war von einem wackeligen Zaun umgeben. Auf einem kleinen Hocker lag ein weißer Kater und blinzelte in die Sonne. Als er das Pferd sah miaute er kurz auf um daraufhin vom Hocker zu springen und in der Hütte zu verschwinden. Aus dieser trat nun Edith heraus. Die beiden Frauen waren gleichalterig, verstanden sich gut und mochten sich. Johanna sprang vom Pferd, band dieses an den Zaun und ging schnell auf die andere Frau zu. Sie umarmten sich und Johanna schilderte kurz das Zusammentreffen ihres Mannes mit dem Schwein am Vortag.

Edith hatte durch ihre Großmutter viel über Pflanzen, Pilze, Tiere und das Leben im Wald gelernt. Vielen im Dorf hatte sie schon geholfen und auch aus den anderen Dörfern kamen Menschen zu ihr um Hilfe zu erhalten. Die meisten denen sie geholfen hatte würden das aber aus Angst vor der Kirche nie zugeben. Edith wusste was zu tun war, so das sie schnell ein paar Kräuter aus der Hütte holte und erklärte wie diese zubereitet und verwendet werden sollen. Johanna verabschiedete und bedankte sich. Zum Abschied umarmten sich die beiden Frauen noch einmal und Johanna ritt wieder zurück. Edith blieb noch vor der Hütte stehen, schaute der anderen Frau lange nach und der kleine weiße Kater nahm seinen Platz in der Sonne wieder ein.

Als Johanna das Dorf wieder erreichte wartete Karl schon auf sie. Er nahm ihr die Zügel des Pferdes ab, wartet bis sie abgestiegen war und führte es in den Stall wo er es absattelte und trocken rieb. Sie begann nun, genau wie Edith es ihr erklärt hatte, die Kräuter mit Wasser in einem Mörser zu einem Brei zu zerreiben. Diesen Brei tat sie auf ein Stück Leinen und brachte es zu ihrem Mann um die Wunde neu zu verbinden. Sie legte das Leinen auf und zog es fest. Berthold verzog dabei das Gesicht. Johanna dachte sich „Ja, im Wald kämpft er mit dem Keiler und hier bei mir zuhause ist der starke Mann ganz klein."

Plötzlich fiel ein Feuerschein in die Hütte und Johanna sah sich um. Siegfried hatte am Rande des Dorfplatzes ein Feuer gemacht als wollte er der ganzen Umgebung mitteilen, dass heute in ihrem Dorf ein Fest stattfindet. Zusammen mit Friedrich schichtete er noch mehr Holz auf und wartete darauf, dass das Feuer genug Glut aufgebaut hatte. Nun holte er mit Wolfgang das Schwein aus der Vorratskammer des Dorfes und brachte den Spieß über dem Feuer an. Für den Rest des Tages würde er nun, in Abwechslung mit Friedrich, das Schwein über dem Feuer drehen damit es nicht anbrannte. Der Duft des gegrillten Fleisches zog durch das ganze Dorf und nun wusste auch der letzte, dass ein Fest anstand.

Am Abend, nachdem das Tagwerk beendet sowie alle Tiere versorgt und in ihren Ställen waren, fanden sich alle Dorfbewohner auf dem freien Platz zwischen den Hütten ein. Es duftete herrlich nach gebratenem Wildschwein und Berthold begrüßte sie alle. Siegfried bat danach Berthold den Braten anzuschneiden doch der erwiderte "Derjenige der es erlegt hat, der soll es auch anschneiden. Karl komm zu mir." Mit diesen Worten übergab er das Messer an seinen Bruder, der sich auch sofort daran machte das Schwein anzuschneiden und jedem ein großes Stück Fleisch zu übergeben. Alle langten kräftig zu und freuten sich über die nicht alltägliche Speise. Sie waren etwa 120 Menschen in dem Dorf und alle waren auf dem Platz versammelt die Kinder spielten schon wieder an der Seite und einige der Mütter beobachteten ihre Kinder damit sie sich nicht so weit von ihnen entfernten.

Nachdem alle satt waren holte Konrad seine Leier und Siegfried, der ja nun fertig war mit dem drehen des Bratens, holte sich einen Eimer auf dessen Unterseite er den Takt mit schlagen wollte. Beide spielten nun zusammen ein Lied, einige tanzten, andere horchten der beschwingten Melodie zu. Man unterhielt sich, scherzte und lachte. Langsam wurde es dunkel und die Mütter brachten ihre Kinder in die Häuser zurück. Vom Braten war nur noch das Gerippe auf dem Spieß und morgen früh würde Siegfried die Reste den Schweinen zu fressen geben. So hatten die auch noch etwas davon dachte er, als er den Eimer in seine Schmiede brachte.

3. Kapitel

Die Männer des Bischofs

Langsam zogen die beiden Pferde den Karren mit den Baumstämmen voran. Friedrich führte die Pferde an der Leine, ab und zu musste er auch etwas ziehen. Berthold lief neben dem Karren her. Manchmal sah man, dass er das eine Bein etwas vorsichtiger aufsetzte. Der Kampf mit dem Schwein war zwar schon fast zwei Monate her doch die Wunde hatte sich lange nicht geschlossen.

In der Ferne sah er schon das Kloster. Vor Jahren, er war damals sieben Jahre alt, war er mit seinen Vater bei der Gründung des Klosters dabei gewesen. Sie hatten König Otto gesehen und ihm Zugejubelt als er mit seinem bunten Zug die Schaulustigen passierte. All die Reiter mit den Fahnen, die Wagen mit dem Gefolge. So etwas hatte der Junge noch nie gesehen.

Damals hatten sie schon Holz auf die Baustelle des Klosters gebracht. Wie alle freien Männer mussten auch sie ihren Beitrag zum Aufbau leisten. Sie lieferten Bauholz so wie andere Dörfer Steine anliefern mussten oder für die Verpflegung der Bauleute zu sorgen hatten.

Wie gesagt, durch ihren Wald hatten sie die Aufgabe Holz zu liefern. Die meisten Balken in dem Kloster stammten aus ihrem Wald und darauf war er stolz. Nun sah Berthold schon die große Baustelle des Klosters vor sich. Es wurden gerade neue Wirtschaftsgebäude und Stallungen gebaut. Einige Häuser waren noch aus Holz doch die neuen sollten nur noch aus Stein sein. Selbst die Dächer sollten aus Stein bestehen. Viele Ochsenkarren fuhren mit Steinen beladen hin und leer wieder zurück. Hunderte von Männern schichteten Steine aufeinander. Steinmetze brachten die Steine in Form, glätteten die Kanten und setzten alles so zusammen, dass man kaum noch sehen konnte wo die Steine aneinander stießen. Ein Haus ganz aus Stein, in seinem Dorf gab es so etwas nicht. Er hatte ja gerade sein Haus fertig errichtet doch so etwas Großes wie die Klosterkirche hatte er noch nirgendwo gesehen.

An der kleinen Anhöhe direkt vor ihnen standen drei Männer an einem Tisch. Zwei von ihnen kontrollierten die vorbeiziehenden Wagen während der dritte alles sauber in ein Buch aufschrieb. Berthold kannte den Schreiber, es war Mönch Theobald der im Kloster die Registratur führte. Freudig ging er auf ihn zu und Theobald blickte von seiner Arbeit auf. Nun gingen beide aufeinander zu und begrüßten sich herzlich. Theobald erkundigte sich nach den Dingen im Dorf. Einst lebte er selbst dort bevor er ins Kloster eintrat und noch immer erkundigte er sich, wann immer sie sich trafen, nach all dem was er einst kannte.

Berthold sagte "Johanna hat mir einen Korb mit Pilzen für dich mitgegeben. Jetzt wo ich dich hier treffe brauche ich ja nicht zu dir ins Kloster kommen." Friedrich hatte den Wagen in der Zwischenzeit angehalten. Die Stämme wurden gezählt und gekennzeichnet. Sie waren nun Eigentum des Klosters und durften nur noch auf der Baustelle verwendet werden. Er holte den Korb mit den Pilzen aus dem Wagen und brachte ihn zu Berthold der ihn wiederum an den Mönch übergab. Dieser strahlte über das ganze Gesicht und bat Berthold sich bei Johanna im Namen der Mönche zu bedanken. Sie würden die Pilze schon zum Abend zubereiten und essen.

Die beiden Männer verabschiedeten sich und der Mönch trat wieder an seinen Tisch zurück. Ein neuer Ochsenkarren mit Steinen näherte sich. Die großen, wild aussehenden Ochsen wurden von einem stämmigen Bauer geführt und Berthold musste zur Seite treten.

Er setzte nun mit Friedrich und den Pferden seinen Weg fort zu einem Stapel Baumstämme die am Rande des Weges lagen. Vier Männer der Baustelle traten an den Wagen und begannen die Baumstämme auf den Stapel zu legen. In kurzer Zeit war der Wagen leer und Friedrich führte die Pferde mit dem Wagen beiseite.

Berthold bat Friedrich die Pferde auszuschirren und auf eine nahe Wiese zu führen. Jetzt, da er schon mal in der Stadt war, wollte er noch etwas für seine Frau besorgen. Außen am Wagen hatte er einen Korb mit vier Hühnern befestigt den er nun abnahm. Er wand sich an Friedrich und sagte "Bleib bei den Pferden ich komme dann wieder zu dir zurück."

Mit dem Korb und den gackernden Hühnern ging er den Weg hinunter. Auf der einen Seite konnte er die Elbe sehen der Fluss glitzerte und ein kleines Boot lag an seinem Ufer. Die Sonne stand schon hoch am Himmel und Berthold musste sich beeilen, der Weg nach Hause war ja weit und er hatte das Geschenk für seine Frau noch nicht. Er wollte ihr einen Anhänger aus dem sonderbaren Stein holen von dem er beim letzten Mal nur zwei kleine Stücke bekommen hatte. Konrad hatte im Dorf die beiden Steine poliert und bearbeitet. Für Johanna waren daraus zwei sehr schöne Ohrringe geworden, die sie gern am Sonntag in der Kirche trug. Der Stein kam von weit her, hatte der Händler gesagt. An den Ufern eines fernen Meeres wurde er oft angespült und dieser Stein brannte wenn er mit Feuer in Berührung kam. Nun war das Schiff wieder da und Berthold hoffte auf ein größeres Stück für einen schönen Anhänger.

Die Hühner hatte er mit weil er den vielen verschiedenen Münzen nicht traute. So viele unterschiedliche Prägungen und Werte. In ihrem Dorf tauschten sie noch alles was sie brauchten. Wer ein Schwein hatte und Hühner brauchte der suchte jemanden der Hühner hatte und nach einem Schwein suchte. Der Ausgleich wurde beim Handel besprochen und mit Handschlag war alles besiegelt. Aber diese runden Metallstücke? Er kannte den Händler gut und wusste, dass er sich mit ihm schon Handelseinig werden würde. Hühner gegen Stein so war seine Absicht.

Berthold bog auf den Weg zum Fluss ein. Schon von weiten konnte er den Händler sehen. Er hatte einen Tisch am Wegesrand stehen über dem Tisch hing ein Leinentuch als Sonnenschutz. Hinter dem Tisch lagen Stoffballen, standen Kisten und eine Truhe mit einem Schloss. Ein Gehilfe packte gerade eine Kiste aus als er Berthold mit den Hühnern im Korb den Weg herunter kommen sah. Die Hühner gackerten und der Händler drehte sich um. Er erkannte Berthold und sagte etwas zu seinem Gehilfen welcher zu der Truhe ging und das Schloss aufmachte. Er entnahm der Truhe einen kleinen Beutel und gab diesen, nachdem er die Truhe wieder sorgfältig verschlossen hatte, an den Händler weiter.

Berthold hatte nun den Tisch erreicht und begrüßte den Händler. Dieser Lächelte und gab ihm die Hand. "Ich habe den Stein gerade heute bekommen." sagte er und deutete auf das kleine Boot das am Steg unweit seines Standes festgemacht hatte. Er nahm den kleinen Beutel, öffnete die Schnur mit der der Beutel verschlossen war und nahm einen etwa Faustgroßen, fast kreisrunden aber flachen Stein heraus. Genau so hatte sich Berthold den Stein vorgestellt. "Reichen die vier Hühner für den Stein?" fragte er. Der Händler nickte und mit einem Handschlag wurde der Handel besiegelt. Hühner und Stein wechselten die Besitzer und Berthold verabschiedete sich. Der Händler übergab die Hühner seinem Gehilfen der sie zu den Kisten in das

Gras stellte. Dann wand er sich an eine Frau die an seinen Stand getreten war und einen Ballen Stoff kaufen wollte. Er holte einen schönen blauen Stoff hervor den er der Frau zeigt und diese bezahlte mit ein paar Münzen.

Berthold verstaute Stein und Beutel in seiner Tasche danach wendete sich vom Fluss ab der Stadt zu. Am Ende des Weges war eine Schänke und er sah wie ein paar Männer diese gerade verließen. An ihrer Kleidung und dem Wappen auf der Brust waren sie als Gefolgsleute des Bischofs schon vom weiten zu erkennen. Sie schwankten und sangen. Er schüttelte den Kopf. die Sonne stand noch hoch am Himmel und sie waren schon betrunken. Die Männer stolperten auf einen Arbeiter zu und schubsten ihn hin und her. Der Arbeiter stürzte und zwei der Männer lachten.

Nun wanden sie sich Berthold zu. Sie dachten, dass sie auch mit ihm leichtes Spiel hatten. Das Bier hatte ihre Sinne zu sehr vernebelt. Der größere von beiden schubste Berthold der einen Schritt zurück trat. Die anderen hatten sich schon zum gehen gewendet und Berthold ging in Abwehrhaltung. Er schaute sich nach Hilfsmittel für seine Verteidigung um. In einiger Entfernung sah er einen Hocker stehen. Er machte einen Schritt in diese Richtung, ergriff den Hocker und schlug ihn dem Angreifer vor die Brust. Mit einen gurgelnden Geräusch sackte dieser zusammen. Der zweite war auf der Stelle wieder nüchtern und sah nun, dass er einem kampferprobten Mann gegenüber stand.

Er entschuldigte sich bei Berthold, half seinem Gefährte auf und zusammen gingen sie den Weg in die Stadt zurück. Berthold wartete kurz und folgte dann dem Weg. Nach kurzer Zeit war er wieder bei Friedrich am Wagen. Er zeigte ihm den Stein und zusammen spannten sie die Pferde an. Sie hatten noch einen weiten Weg nach Hause und zogen schnell am Kloster vorbei in Richtung Wald.

4. Kapitel

Ein Sonntag im Gebet

Die Erntezeit war vorbei, das Korn war in den Lagerräumen des Speichers verstaut. Alle hatten mitgeholfen auf dem Feld. Die Männer hatten gemäht, die Frauen das Getreide zusammengebunden und die Kinder hatten die restlichen Halme aufgesammelt und zusammengetragen. Auf dem Gemeinschaftsplatz hatten sie das Korn gedroschen und in die Fässer eingelagert. Nun war der erste Sonntag nach der Ernte und im Kloster sollte ein großer Gottesdienst zum Dank abgehalten werden.

Im Sommer waren sie kaum vom Feld gekommen, von Sonnenauf- bis Sonnenuntergang waren sie jeden Tag mit der Ernte beschäftigt gewesen. Nun konnte man Feiern. Es war nicht der Gottesdienst allein, man konnte alte Freunde wiedersehen, Familienmitglieder aus anderen Dörfern treffen und die Feier an sich war auch sehr schön.

Bereits am Vorabend hatten sie alle gemeinsam die Wagen mit bunten Bändern und ein paar Strohbündeln verschönert. Nun wurden die Ochsen und Pferde auch noch geschmückt und angespannt. Berthold führte gerade zwei Pferde aus dem Stall als er Johanna aus dem neuen Haus kommen sah. Sie trug den neuen Anhänger um den Hals und ein Kind unter ihrem Herzen. Im nächsten Frühjahr sollten sie ihr erstes Kind bekommen. So Gott wollte.

Johanna trat zu den anderen Frauen und alle bewunderten den Anhänger, den sie heute zum ersten Mal trug. Er passte gut zu den Ohrringen und hatte die Farbe ihrer Haare. Es schien als ob die Sonne in diesem Stein gefangen war. Er glitzerte und leuchtete wenn Johanna sich bewegte. Konrad hatte eine schöne Arbeit damit vollbracht und gerade in dem Moment sah Johanna ihn. Er brachte seine Leier zu einem Wagen und verstaute sie dort. Fein, dachte Johanna, also wird es wieder Musik und Tanz geben.

Berthold rief jetzt alle zur Eile auf. Der Weg mit den Wagen und Ochsen bis zum Kloster war weit und wenn sie pünktlich da sein wollten mussten sie nun losfahren. Der erste Wagen setzte sich in Bewegung und passierte die Hecke. An der Seite standen ein paar Alte aus dem Dorf und die Mütter mit den ganz kleinen Kindern, die noch nicht, oder nicht mehr, teilnehmen konnten. Sie würden im Dorf bleiben und winkten dem Zug zu.

Es war eine fröhliche Stimmung, alle in den Wagen scherzten und lachten. In den letzten beiden Wagen wurde gesungen. Das Lied klang weit über das abgemähte Feld und in der Ferne vernahm man den Glockenklang mit dem die Mönche den Tag begannen. Dieser Klang sollte auch für alle Dörfer in der Umgebung ein Zeichen für den Aufbruch sein. Er sollte sagen: wenn ihr jetzt nicht losfahrt kommt ihr zu spät zur Feier und zum Gottesdienst.

Am anderen Feldrand sah Berthold den Wagenzug aus dem Nachbardorf. Er ritt hinüber und begrüßte den Dorfvorsteher, der ihm entgegen ritt. Vorn trafen sich die beiden Wege und da Bertholds Wagenzug schon etwas weiter war einigten sie sich, dass Berthold fuhr und das andere Dorf sich ihnen nach einer kurzen Wartezeit anschloss.

Das Kloster war nun fast erreicht. Viele Wagen standen dort schon und in einen Gehege weideten die Pferde und Ochsen. Berthold hielt den Zug an und lies alle absteigen. Die Wagen ließ er auf dem Platz nebeneinander aufstellen und die Zugtiere kamen zu den anderen in das Gehege.

Die Leute in ihren besten Kleidern versammelten sich vor dem Eingang zur Klosterkirche. Johanna sah nun auch den Wagenzug ihres Heimatdorfes und ihren Vater der vornweg ritt. Sie ging ihnen ein Stück entgegen und dann kam ihre kleine Schwester auf sie zugelaufen. Sie umarmten sich und Johanna schenkt Luise, so hieß ihre Schwester, ein paar bunte Haarbänder. Luise war erst halb so alt wie sie und wollte die Haarbänder sofort angelegt haben. Johannas Mutter trat zu den beiden und alle drei umarmten sich gleichzeitig. Ihr Mann ging zu Berthold und gemeinsam gingen nun alle in die Kirche hinein.

Die Inneneinrichtung der Kirche bestand zu einem Teil aus Holz. An den Seiten waren viele Schnitzereien angebracht. Heilige oder Szenen aus der Bibel waren dargestellt. An einigen davon standen Mönche die erklärten was dargestellt war. Durch die bunten Glasfenster fiel Licht in die Kirche hinein und malte verschiedenfarbige Muster auf den Fußboden. Ein prächtiger, geschnitzter und bunt bemalter Altar nahm die gesamte vordere Breite der Kirche ein. Von einem Mittelgang gingen die Bänke ab und vorn am Altar brannten große Kerzen. Weihrauch lag in der Luft und zog in dichten Schwaden durch die Gänge der Kirche er sollte den Geruch der vielen Menschen durch seinen Duft überdecken. Ohne ihn hätte man es in der Kirche vermutlich nicht lange ausgehalten.

Es waren schon viele Menschen in der Kirche, im vorderen Bereich saßen nun schon die Mönche und hinter ihnen die Dorfbewohner. Vorn, neben dem Altar stand Theobald. Er sollte heute bei der Andacht helfen. Der Bischof würde heute den Gottesdienst abhalten und nachdem alle einen Platz in der Kirche gefunden hatten begann er mit einem Gebet. Alle erhoben sich und erst nach dem Amen durften sie sich wieder setzen. Im hinteren Bereich versuchten ein paar Mütter ihre kleinen Kinder zu beruhigen.

Theobald reicht dem Bischof die kostbare Bibel zu und dieser begann vorzulesen. Von den mehr als tausend Leuten in der Kirche war Berthold einer der wenigen, die Mönche mal ausgenommen, der verstand was da vorgelesen wurde. Theobald hatte ihn das Latein beigebracht und so konnte er es verstehen, lesen und auch schreiben. Das Schreiben ging nicht ganz so gut. Seine Hände waren Axt, Sichel und schwere Arbeit gewöhnt und somit war er mit der kleinen Schreibfeder nicht so geschickt.

Die Mönche sangen ein paar Lieder und ihre Stimmen hallten durch die Kirche. Zum Abschluss wurden noch zwei Kinder aus einen Nachbardorf getauft und mit Glockengeläut endete der kirchliche Teil der Feier. Der Bischof erinnerte noch an die fälligen Abgaben an die Kirche und danach verließen die Menschen die Kirche wieder. Auf dem Platz vor der Kirche trafen sich nun alle. Konrad holte seine Leier, ein Mann aus Johannas Heimatdorf hatte eine Flöte dabei und gemeinsam spielten sie für alle auf.

Am Rande des Platzes hielt der Bischof als Lehnsherr Gericht ab. Kleine Streitigkeiten wurden von den Dorfvorstehern geklärt. Nur bei schwierigeren Problemen und Klagen, sowie wenn es mehrere Dörfer betraf oder keine Einigung zu finden war, wurde das Gericht angerufen. In der Klage an diesem Tag hatte ein Bauer eine Kuh an einen anderen verkauft. Diese Kuh hatte nun nach dem Verkauf ein Kalb bekommen und der Bischof sollte nun entscheiden. Zusammen mit seinem Schreiber und einem Gehilfen hörte er erst die Meinungen der einzelnen Betroffenen an. Schließlich legte er fest, dass das Kälbchen entweder zurückzugeben oder zu bezahlen war. Es wurde ja nur die Kuh verkauft und nicht das Kalb. Die beiden Bauern einigten sich das der Käufer das Kalb zu bezahlen hatte und mit einem Handschlag war der Vertrag geschlossen. Der Bischof bestätigte den Handel und das Urteil.

Mitunter konnten die Urteile aber auch, je nach der zu ahndenden Tat auch härten ausfallen. Ein Schandpfahl und der auf einem Hügel am Rande der Stadt stehende Galgen waren die immer zu sehenden Zeichen dafür, was passieren konnte wenn man nicht Recht und Gesetz einhielt.

Wolfgang ergriff nun die Gelegenheit und trat an seinen Bruder heran. Er bat ihn mit dem Vater von Magda zu sprechen. Karl bemerkte dies und bat für sich und Gundula ebenfalls um Fürsprache bei deren Vater. Sie wollten Heiraten und mussten dazu mit dem Familienoberhaupt sprechen und das war nun mal Berthold. Also ging er zu den beiden Männern und mit einem kurzen Gespräch und einen Handschlag war die Sache vereinbart. Die Hochzeit sollte am nächsten Sonntag passieren und der Termin wurde gleich noch mit dem Abt des Klosters besprochen.

Am anderen Ende des Platzes, unmittelbar vor den Wirtschaftsgebäuden des Klosters mit der neuen Baustelle, hatten kleine Händler Stände aufgebaut an denen sie Tuche, Schmuck und Essen anboten. Auch Getränke wurden dort ausgeschenkt und da es, für den beginnenden Herbst doch noch ziemlich warm, war wurde den Getränken reichlich zugesprochen. Es wurde gehandelt, gefeilscht und getauscht was man nicht im Dorf selber herstellen oder ernten konnte. Auf einigen Bänken saßen Männer die dem Wein und Bier zu sehr zugesprochen hatten. Streitereien und Raufereien wurden von den Händler oder den Dorfbewohnern sofort beendet. Der Bischof war ja anwesend und so eine Rauferei konnte schnell am Schandpfahl enden.

Johannas Vater rief nun seinen Dorfbewohner zusammen und lies die Wagen wieder anspannen. Sie hatten von allen den weitesten Weg und mussten daher als erste aufbrechen. Johanna verabschiedete sich von ihrem Vater, ihrer Mutter, der Schwester und winkte ihnen bei der Abfahrt lange zu. Dann trat sie zu ihrem Mann und die beiden tanzten zur Musik. Wolfgang und Karl saßen an einem Tisch und tranken Wein auf den Erfolg, den sie bei Berthold hatten und auch darauf, dass sie am nächsten Sonntag heiraten würden. Sie hatten dazu auch die Väter von Magda und Gundula gebeten. Gemeinsam stießen sie an.

Nun wurde es auch für Berthold und seine Dorfbewohner, sowie für die anderen, langsam Zeit zum aufbrechen. Die Mütter riefen ihre Kinder die irgendwo gemeinsam spielten und alle brachen wieder auf in ihre Dörfer. Auf dem Rückweg hörte man wieder Gesang und Scherzen so wie am Beginn des Tages.

5. Kapitel

Der blinde Mönch

Mönch Theobald hatte heute an der Pforte des Benediktinerklosters Dienst. Nur am Sonntag war das Tor am Eingang für jedermann geöffnet. An den anderen Tagen waren die Mönche, mal von Handwerkern und anliefernden Bauern abgesehen, unter sich. Die Mönche des von Benedikt von Nursia um das Jahr 530 gegründeten Ordens lebte nach dem Motto "Ora et Labora", bete und arbeite. Alle anfallenden Arbeiten im Kloster wurden von den Mönchen selbst verrichtet. Ob es nun Hühner füttern, Stall ausmisten oder ernten auf dem klostereigenen Garten war. Auch das Vervielfältigen von Büchern und die Registratur des Bischofs lag in den Händen der Mönche. Das Kloster lag auf einem kleinen Hügel mitten in der Stadt und hatte einen rechteckigen Grundriss. Den Hauptteil des Geländes nahm die große Kirche ein, die von König Otto reich beschenkt und mit allerlei Reliquien ausgestattet worden war.

Mönch Theobald regelte den Einlass und musste die schwere Tür öffnen wenn Wagen oder Pferde kamen. Für Besucher hatte er neben dem Tor einen kleinen Einlass. Sein Blick ging nun langsam über das Kloster hinweg. Hinter ihm war die Klosterkirche, daran schloss sich der quadratischer Kreuzgang an der um einen kleinen Garten mit einem Brunnen herum führte. Der Kirche gegenüber lag das Gebäude mit Kapitelsaal und Speiseraum. An den beiden Seiten des Kreuzganges lagen die Schlafgebäude mit den Kammern der Mönche. Rings um das Kloster war eine Mauer gezogen, welche aber an der von ihm gesehen rechten Seite, nach Süden zu, gerade eine größere Lücke hatte. Dort wurden von den Handwerkern am Tage die neuen Wirtschaftsgebäude errichtet, Ställe, eine Schmiede und die Scheunen für die Abgaben der Bauern wurden gerade aus Stein gebaut. Vorher waren es nur einfache Holzhäuser gewesen. Auf seiner linken Seite, nach Norden zu, sah er die Küche des Klosters sowie Räume in denen die Soldaten des Bischofs, und bei Besuchen auch der König, untergebracht waren. Von ihm aus gesehen hinter der Kirche, im Osten, befand sich das Gebäude in dem die Novizen des Ordens lebten. Es ging nun schon auf den Abend zu als er die Glocke am Tor hörte und den Einlass öffnete, um nachzuschauen wer da vor dem Kloster stand und einlas begehrte.

Es standen zwei Mönche in ihren langen schwarzen Kutten davor die er sehr gut kannte. Matthias und Andreas waren im Frühjahr zu einer Mission in das slawische Gebiet aufgebrochen. Sie begrüßten sich herzlich und Theobald bat die beiden einzutreten. Matthias musste Andreas führen da dieser blind war und mit seinem Stock den Weg ertasten musste. Am Abend vor der Andacht würden sie bestimmt von ihrer Reise und den Erlebnissen berichten. Darauf freute sich Theobald schon sehr.

Die Hauptaufgabe der Mönche im Kloster war, neben der täglichen Arbeit im Kloster, das Missionieren der Slawen jenseits der Elbe und für alle Missionare diente das Kloster als Ausgangs und Endpunkt ihrer Reisen. Oft kam es vor, dass die Mönche bei ihrer Reise den Slawen oder der widrigen Natur zum Opfer fielen. Umso mehr erfreut war er, dass diese beiden nun wieder da waren. Obwohl Andreas blind war, waren seine Schilderungen immer am beeindruckendsten für die anderen Mönche. Er konnte in die Herzen der Menschen schauen und dadurch viel besser mit ihnen Reden und ihnen zuhören. Die spürte ein jeder der sich mit ihm unterhielt sofort.

Sie waren gerade heute mit einem Boot über die Elbe gekommen und wollten sich noch etwas ausruhen von ihrer langen Reise. Da sie sich im Kloster auskannten blieb Theobald am Tor. Die beiden gingen nun an der Klosterkirche vorbei durch den Kreuzgang zu den Schlafgebäuden um ihre Kammern wieder zu betreten und danach für den erfolgreichen Abschluss der Reise ein Dankesgebet in der Klosterkapelle zu verrichten.

Nach Einbruch der Dunkelheit verschloss Theobald das Klostertor, wer jetzt noch einlas suchte musste bis zum nächsten Tag warten und in der Stadt bleiben. Heute ging er besonders schnell in das Klostergebäude hinüber. Er streichelte nur kurz der Katze den Kopf und ging schnell hinein. Die anderen Mönche saßen schon am Tisch im Kapitelsaal zusammen und Andreas, auf Matthias gestützt, betrat gerade von der anderen Seite den Raum. Der Abt begrüßte die beiden und forderte sie auf von ihren Erlebnissen, die sie im letzten halben Jahr gemacht hatten, zu berichten.

Andreas nahm einen Schluck Bier und begann zu erzählen. Ab und zu erzählte Matthias auch von den Dingen die er gesehen und erlebt hatte um die Schilderung anschaulicher zu machen. Sie waren im Frühjahr aufgebrochen und mussten zuerst durch dichte Wälder ziehen. Sie waren südwärts gezogen und hatten tagelang keinen Menschen gesehen oder gehört. Nur die Geräusche der Tiere waren im Wald zu hören. Dann waren sie auf das erste Dorf gestoßen. Es stand auf einer Lichtung im Wald. Es sah genauso aus wie die Dörfer hier auf ihrer Seite der Elbe. Die Menschen dort begrüßten die Mönche vorsichtig, wie man eben so ist wenn man Fremde trifft. Sie waren aber sehr Gastfreundlich. Da Andreas blind war wurde er mit besonderer Höflichkeit begrüßt und bewirtet. Nach der Ansicht der Slawen hatten die Blinden eine besondere Verbindung zu den Göttern und so einen Gast wollte man nicht verärgern.

In dem Dorf wurden nur Tiere gehalten, Felder, so wie die Mönche diese kannten, gab es dort nicht. Auch auf die Jagd gingen die

Bewohner dort. Die beiden Mönche halfen bei der Arbeit mit den Tieren und kamen so auch oft mit den Bewohnern ins Gespräch. Sie versuchten vorsichtig zu Missionieren, da viele, die es zu ungeschickt und mit Gewalt probiert hatten, dies mit ihrem Leben bezahlen mussten. Sie erzählten von Gott und von den Geschichten aus der Bibel. Sie schilderten wie sie im Kloster lebten und arbeiteten. Nach einiger Zeit verabschiedeten sie sich und brachen in das nächste Dorf auf wo die Begegnungen ähnlich abliefen.

Die Wälder dort waren tief und fast undurchdringlich. Sie hatten viele wilde Tiere gesehen und gehört. Einmal ist ihnen auf einer Waldlichtung ein Auerochse begegnet, so wie ihn ihre Großeltern beschrieben hatten. Groß und mächtig mit ein paar riesigen Hörnern. Auf ihrer Seite war er schon fast ausgestorben, doch dort drüben lebten noch viele, davon hatten sie von den Jägern gehört. Wildschweine, Bären und Wölfe gab es ebenfalls sehr zahlreich.

Sie hatten auch die Eichenhaine gesehen wo die Slawen für ihre Götter Opfergaben brachten oder sich zu Versammlungen trafen. Nur betreten durften sie diese nicht, es wäre einer Entweihung gewesen und das wollten sie nicht riskieren. Es ging auch die Rede davon um, dass die Slawen ihren Göttern Menschenopfer bringen sollen doch sie beide konnten das nicht bestätigen. Sie waren ja auch noch am Leben und nicht geopfert worden. Der Abt unterbrach die beiden nun und rief die Mönche zum Gebet in die Kapelle. Danach konnte man sich ja weiter unterhalten.

In dem Gebet des Tagen bezog sich der Abt dann auch besonders auf die beiden Heimgekehrten und dankte Gott für die sichere Rückkehr, gleichzeitig beteten sie alle für den Schutz all derer die noch unterwegs waren um das Wort Gottes zu den Slawen zu bringen.

Nach dem Gebet und dem Abendbrot trafen sich die Mönche wieder um sich weiter mit Matthias und Andreas zu unterhalten. Obwohl beide nach der langen Reise müde waren tat ihnen das Gespräch unter gleichgesinnten gut. Sie beantworteten alle Fragen und würden auch im nächsten Frühjahr wieder aufbrechen. Der Austausch unter ihnen war notwendig und wichtig, da sie alle auf einer Mission waren und regelmäßig über die Elbe übersetzten. Meist waren es kurze Reisen, doch es konnte auch, wie bei Andreas und Matthias, ein halbes Jahr dauern.

Theobald war der einzige der nicht mit durfte da er die Registratur des Klosters führen musste und manchmal beneidete er die anderen Mönche die von ihren Abenteuern berichten konnten. Doch Gott hatte ihm diese Aufgabe gegeben und die wollte er zu aller Zufriedenheit erfüllen. Nach all den Erzählungen gingen die Mönche dann, Matthias und Andreas froh wieder zu Hause zu sein, in ihre Kammern um am nächsten Tag alle ihre gestellten Aufgaben zu erfüllen. Theobald würde die Reisebeschreibung und die Schilderungen der beiden aufnehmen und in Buch eintragen in das er alle Missionen eintragen musste. Der Bischof wollte regelmäßig informiert werden und dieser wiederum informierte den König.

Theobald löschte die Talglichter im Raum und schloss leise die Tür hinter sich. Danach begab er sich selbst in seine Kammer.

6. Kapitel

Eine Hochzeit zu viert

Es war ein schöner Herbsttag Ende September. Das Laub in den Wäldern begann sich schon bunt zu färben aber es war noch warm auf den Wiesen. Einige Kinder badeten im Teich in der Nähe des Dorfes. Sie ärgerten die Enten und Gänse die sich dort für ihren Zug nach Süden sammelten. Diese flogen dann immer mit einem wilden Gekreische und Geschnatter auf, nur um sich kurz darauf in einem anderen Teil des Teiches wieder nieder zu lassen. Auf den Wiesen sah man ab und zu Rehe aus dem Wald die sich vorsichtig nach allen Seiten umsahen und sofort zurück in das schützende Unterholz liefen wenn sie auch nur von weiten einen Menschen sahen.

Berthold stand mit Johanna an der Rückseite des Hauses und sie sahen zur Wiese hinaus. Sie dachten beide an ihre eigene Hochzeit im Frühjahr zurück. Obwohl es eigentlich nicht nötig war sich in der Kirche trauen zu lassen hatten die Bewohner des Dorfes beschlossen, dass sie die Trauung immer in ihrer, aus dem Holz ihres Waldes gebauten, Klosterkirche des St.-Mauritius-Klosters im nahen Magdeburg durchführen lassen wollten. Normalerweise war es üblich, dass sich die Familienoberhäupter der beiden Familien einigten und per Handschlag die Verlobung und Trauung untereinander besiegelten. Die beiden zu verheiratenden wurden dazu nicht befragt, oft kannten sie sich vor der Hochzeit noch nicht einmal. Danach zog die Braut zum Bräutigam und die Ehe war geschlossen. Wenn man so wollte waren Wolfgang und Karl also schon seit einer Woche mit ihren Frauen verheiratet doch in ihrem Dorf lief es eben, wie gesagt, etwas anders ab.

Wie schon eine Woche zuvor schmückten die Familien ihre Wagen und die Zugtiere. Diesmal war es aber nicht das ganze Dorf das zur Kirche fuhr sondern nur die beiden Familien und die Verwanden der Brautleute. Alle hatten ihre schönsten Kleider angezogen, Magda und Gundula trugen Blumenkränze in den Haaren. Nach dem Frühstück wurden die Zugtiere angespannt und die Wagen bestiegen, danach setzte sich der Hochzeitszug in Bewegung. Berthold ritt auf seinem Pferd voraus.

Die Kirche war heute nicht ganz so voll wie noch am letzten Sonntag, es war ja nur ein ganz normaler Gottesdienst. Nach der Andacht und dem Gebet sowie einer Taufe bat der Abt die beiden Brautpaare und Berthold nach vorn an den Altar. Zusammen mit ihm führte er nun die Trauung durch und Theobald trug die Eheschließung in das große Register der Kirche ein. Nach der Trauung verabschiedeten sich die Eltern symbolisch von ihren Töchtern um diese danach an die Familie der Männer zu übergeben. Berthold begrüßte sie nun in seiner Familie und alle verließen die Kirche wieder.

Vor der Kirche hatte Edith gewartet, sie betrat nie die Kirche, weil sie noch an die alten Götter ihrer Vorfahren und nicht an den neuen, einen Gott der Christen glaubte. Als die beiden Paare die Kirche verließen streute sie vor ihnen Blumen aus und wünschte ihnen alles Gute und viel Glück. Die beiden Paare bedankten sich bei ihr. Gundula und Edith umarmten sich und Edith schenkte ihr ein kleines schwarzes Kätzchen. Es sollte die Mäuse von den Vorräten der Familie fernhalten. Diesen Brauch hatte sie von ihrer Großmutter gelernt. Gundula bedankte sich dafür und danach gingen alle zu den Wagen um wieder zurück in das Dorf zu fahren.

Die im Dorf zurückgebliebenen Bewohner hatten auf dem Dorfplatz schon alles für die Feier vorbereitet. Siegfried hatte Holz für das

Feuer zusammengestellt und wartete nur noch mit dem Anzünden bis die Wagen in Sicht kamen. Konrad hatte die Leier geholt und das ganze Dorf war auf dem Dorfplatz vor dem Gemeinschaftshaus versammelt. Als Festschmaus zur Feier sollte es eine leckere Suppe aus Rüben mit etwas Fleisch darin geben die Magdas Großmutter in ihrem Haus über dem Feuer in einem großen Topf zubereitet hatte. Der Duft der Suppe zog durch das ganze Dorf und machte allen Appetit.

Als die Wagen am Dorfrand zum halten kamen spielte Konrad zur Begrüßung das Lied, welches er immer bei den Trauungen spielte und alle sangen mit. Magdas Großmutter brachte ein Brot welches die Brautleute in der Mitte durchbrechen mussten. Dies war als Symbol dafür gedacht, dass das Brot in den Familien niemals ausgehen sollte. Danach gab Berthold Konrad ein Zeichen und dieser spielte zum Tanz auf. Die Brautleute eröffneten den Tanz und alle machten danach mit. Auch die Kinder tanzten mit oder spielten am Rand des Platzes. Argwöhnisch schauten ein paar Mütter nach ihnen damit sie nicht zu nahe an das Feuer gingen oder sich zu weit von ihnen entfernten. Auf den Bänken am Rande ließen sich einige schon die köstliche Suppe mit etwas Brot schmecken und es wurde reichlich Bier ausgeschenkt, das Friedrich aus einem großen Fass in die Krüge füllte.

Als das Feuer am Abend niedergebrannt war führten die beiden Brüder ihre Frauen in ihr Haus, damit war die Ehe rechtskräftig geschlossen und vom ganzen Dorf besiegelt. Die Dorfbewohner standen Spalier auf dem Weg zu dem Haus und bedankten sich für das köstliche Mahl sowie die schöne Feier. Karl, Wolfgang, Magda und Gundula mussten viele Hände schütteln und viele Glückwünsche entgegennehmen bevor sie das Haus am anderen Ende des Dorfes erreicht hatten. Am nächsten Morgen brachten die Familien von Magda und Gundula die Sachen der beiden Frauen und die Morgengabe an ihr neues zuhause, die beiden Frauen nahmen, zusammen mit ihren Männern, die Geschenke und Sachen entgegen und bedankten sich dafür.

7. Kapitel

Ein Frühlingssonntagabend

Ein warmer Wind wehte sanft über die Wiesen rund um das Dorf und lies das Gras in kleinen Wellen hin und her schwanken. Der Winter war gewichen, die Aussaat war abgeschlossen und alle Bäume in der Umgebung waren schön Grün. Ein kleiner Apfelbaum in der Nähe des Hauses hatte Blüten, wilde Bienen summten in dem Baum und brachten ihn zum brummen, was man auch noch in einiger Entfernung hören konnte. Berthold und Johanna waren nun fast ein Jahr verheiratet und in den nächsten Tagen sollte ihr erstes Kind zur Welt kommen. Sie saßen beide auf der Bank vor ihrem Haus und schauten auf die Wiese hinaus. Gundula kam mit dem hölzernen Eimer voller Milch von den drei Kühen zurück, die auf der Weide grasten, und winkte den beiden zu. Johanna nickte zum Gruß zurück.

Ein kleiner Strauch, den Johanna neben die Bank gepflanzt hatte, wiegte sich leicht im Wind. Edith hatte ihr die Pflanze zur Hochzeit geschenkt und sie war schon sehr schön groß geworden. Gundulas kleine schwarze Katze streunte durch das Dorf und versuchte am Rande der Wiese eine Maus zu fangen, was ihr aber erst beim dritten Versuch gelang. Stolz trug sie die Maus im Maul zu Gundula in das Haus hinein. Kurz darauf hörte man Gundula schreien, die Katze rannte mit Maus schnell wieder heraus und verschwand in dem hohen Gras der Wiese.

Berthold hatte ein kleines Buch aus dem Haus mitgebracht aus dem er Johanna vorlas. Theobald hatte es einst, zu Übungszwecken, im Kloster abgeschrieben als er vor Jahren in das Kloster eingetreten war. Es war in Latein verfasst und er hatte gesagt, dass das Buch, aus dem er es abgeschrieben hatte, schon fast tausend Jahre alt war. Es waren Liebesgedichte eines römischen Dichters. Das war zwar nicht unbedingt der Stoff dem sich das Kloster zu verbreiten vorgenommen hatte, doch er hatte es ja auch nur zum schreiben üben abgeschrieben. Berthold hatte ihm einmal beim schreiben zugesehen. Theobald hatte die schönste Handschrift im ganzen Kloster und die Bilder, die er in die Bibeln und Bücher hinein malte, waren ebenfalls sehr schön. Darum führte er auch die Registratur und das Skriptorium des Klosters. Das Kloster hatte eine sehr große Sammlung an alten Büchern und Schriftstücken, welche die Mönche vervielfältigen sowie sicher verwahren mussten. Berthold hatte einmal staunend dort gestanden und all die sehr prachtvoll bebilderten Bücher zusammen mit Theobald angeschaut der ihn in das Skriptorium hineingelassen hatte obwohl das eigentlich nicht erlaubt war. Nur Mönche hatten dort normalerweise Zutritt.

Berthold konnte besser lesen und verstehen als schreiben, wann immer er Zeit hatte brachte er Johanna etwas Latein bei damit sie die Gedichte verstehen konnte die er ihr vorlas. Zum schreiben lernen zeichnete er mit einem Stock die Buchstaben in den Sand vor der Bank und sie machte es ihm nach. Johanna war viel geschickter beim schreiben aber sie ließ es Berthold nicht merken. Ab und zu war auch ein Kind mit dabei, was dabei zuschaute und versuchte schreiben oder lesen zu lernen aber meist nur kurz, da sie lieber spielen gehen als sich mit dem schweren Latein abmühen wollten.

Das kleine Buch war aus Pergament und sehr sorgfältig in dickes Leder eingebunden. Er kannte niemanden der außerhalb des Klosters noch ein Buch gehabt hätte darum war es für ihn so wertvoll und kostbar. Fast ein kleiner Schatz.

Sie übten nun schon eine Weile das schreiben und als sie sich beide von der Bank erhoben um in das Haus zu gehen merkte Johanna das etwas mit ihr nicht stimmte. Sie verzog das Gesicht vor Schmerz und krallte sich in Berthold Schulter als die erste Wehe kam. Sie sahen sich beide an und wussten, dass nun ihr Kind auf die Welt wollte. Berthold beruhigte und stützte sie. Als die Wehe abgeklungen war führte er sie zu ihrem Haus. Er bat Gundula zu Edith zu reiten um sie in das Dorf zu holen. Danach legte er Johanna vorsichtig auf das Bett im hinteren Teil des Hauses und ging zu Magda, diese rief einige Frauen zusammen die sich, zusammen mit ihr, um Johanna kümmerten.

Gundula nahm zwei Pferde aus dem Stall und sattelte sie. Eines für sich und das andere für Edith, danach ritt sie schnell los. Auf dem halben Wege trafen sich die beiden Frauen. Edith hatte schon geahnt, dass es bei Johanna losging und war sofort aufgebrochen. Schnell waren sie wieder im Dorf zurück, übergaben Karl die beiden Pferde, die dieser wieder in den Stall brachte, und gingen zu Johanna in das Haus. Langsam wurde es dunkel und Gundula zündete ein paar Talglichter an damit sie etwas sehen konnten. Obwohl es Johannas erstes Kind war ging alles ganz schnell. Edith hatte schon einigen Kindern auf die Welt geholfen und wusste darum genau welche Griffe sie anwenden musste, was zu tun war. Gundula ging ihr dabei helfend zur Hand.

Berthold wartete mit einigen anderen Männern sowie seinen Brüdern vor dem Haus und lief aufgeregt hin und her. Der Wind wurde etwas stärker, die Bäume und Büsche um das Haus bewegten sich nun etwas heftiger. Es war schon fast Nacht und plötzlich vernahmen sie ein Kind schreien, da wussten sie das Bertholds Kind da war und das es lebte. Gundula kam vor das Haus und sagte zu ihnen "Es ist ein Junge. Berthold du hast einen Sohn." Die Männer umarmten sich und Berthold stürmte in das Haus hinein. Er schaute seinen Sohn an, den Edith gerade im Arm hatte, und küsste Johanna, die noch ganz geschafft von der Geburt war und sofort danach vor Erschöpfung einschlief.

Edith wickelte das Kind in ein Tuch und legte es zu Johanna ins Bett. Zu Berthold gewannt fragte sie "Wie soll er den heißen?" "Hagen wird er heißen, so wie unser Großvater" antwortete er und Edith nickte. Das hatte sie sich schon denken können. Bei einem Mädchen wäre es Luisa gewesen, so wie ihre Großmutter einst hieß, von der sie all das gelernt hatte. Er bat sie noch bis zum nächsten Morgen da zu bleiben damit sie sich um Johanna kümmere und sie stimmte zu.

Die Taufe würden sie dann gleich am nächsten Sonntag in der Kirche vornehmen lassen, man wusste ja nie was passiert.

8. Kapitel
Am See

Langsam begann der Herbst, die Ernte war vom Feld aber es war noch schön warm. An einem Sonntag wollten alle Bewohner des Dorfes an einen nahe gelegene See zum baden gehen. Berthold überlegte sich daher den Gottesdienst an diesem Sonntag zu ihnen in das Dorf an den See zu verlegen. Er machte sich auf den Weg zum Kloster um dies mit dem Abt abzusprechen. Dieser willigte sofort ein und sagte zu, dass Theobald den Gottesdienst durchführen würde.

Dieser freute sich bei dem Gedanken wieder in sein altes Dorf zu gehen und gab Berthold ein paar Ratschläge zur Vorbereitung des Platzes mit. Mit diesen Tipps machte sich Berthold wieder auf den Weg zurück zum Dorf. Da er am See vorbei musste schaute er sich die Wiese davor erst mal an und überlegte wie er die Vorstellungen Theobalds umsetzen sollte.

Am nächsten Tag ritt er mit Karl, Friedrich und Siegfried zum See und bereitete den Bereich mit Baumstämmen als Sitze und einem Baumstumpf als Altartisch vor. Nach etwa zwei Stunden waren sie fertig und zufrieden mit ihrem Werk. Berthold wollte noch zu Edith während die anderen ins Dorf zurück ritten. Als er bei ihr ankam begrüßte sie ihn mit einer Umarmung. Er lud sie ein mit an den See zu kommen. Den Gottesdienst lehnte sie ab, Berthold hatte nichts anderes erwartet, aber zu der Feier sowie zum baden sagte sie gern zu.

Zwei Tage später, am Sonntag, war herrliches Wetter. Strahlender Sonnenschein und ein blauer Himmel mit ein paar kleinen weißen Wolken am Himmel. Der warme Wind kräuselte die Oberfläche des

Sees, das Schilf am Rande des Sees bewegte sich leicht hin und her, ein paar Enten hatten sich dort niedergelassen und fast alle Bewohner aus dem Dorf machten sich auf den Weg. Sie hatten Essen und Getränke auf einen Wagen geladen und gingen, mit dem Wagen voran, zu Fuß das kurze Stück bis zum See. Nur ein paar Alte blieben im Dorf und wollten sich um die Tiere kümmern, fürs baden waren sie heute nicht zu gewinnen.

Die Enten flogen schnell auf die andere Seite des Sees und schimpften laut Schnatternd über die Störung ihrer Ruhe als die Leute des Dorfes laut erzählend am See eintrafen. Mönch Theobald traf ein, kurz nachdem der Zug der Dorfbewohner den See erreicht hatte. Er sah sich alles an und begrüßte alle seine Freunde aus dem Dorf. Nachdem sich alle gesetzt hatten begann er mit dem Gottesdienst unter freien Himmel am Baumstamm als Altar. Ein weißes Tuch hatte er mitgebracht und über den Stamm gedeckt. Es sah alles sehr feierlich aus.

Als der Gottesdienst zu Ende war packte er alles wieder ein und setzte sich zu seinen Freunden. Nun traf auch Edith ein, vermutlich hatte sie in einiger Entfernung zugeschaut und bemerkt, dass nun die Feier begann. Das Essen und die Getränke wurden ausgepackt und auf getafelt. Wer baden wollte sprang einfach in den See. Einige kleine Kinder wurden dabei von ihren Müttern beaufsichtigt. Auch Hagen, der nun ein halbes Jahr alt war, wollte ins Wasser und Johanna trug ihn an einer flachen Stelle in den See und hielt ihn fest. Die Sonne strahlte am blauen Himmel und das Wasser war schön warm. So plantschten sie beide darin herum und Hagen hatte einen großen Spaß daran seine Mutter nass zu spritzen. Dann kamen sie wieder heraus und trockneten sich ab, die Sonne und der warme Wind übernahmen dabei dann den Rest der Trocknung.

Da das Dorf diesen See in der unmittelbaren Nähe hatte konnten alle von klein auf schwimmen. Das war in anderen Dörfern nicht so selbstverständlich. Die Väter übten mit ihren Kindern am Abend und heute wollten die Kinder mal zusammen schwimmen und zeigen was sie so konnten. Einige schwammen um die Wette andere sprangen an der Seite, wo es etwas tiefer war, vom Rand über einen dort liegenden Baumstamm in den See. Ein paar Väter und auch ein paar junge Männer schwammen ebenfalls im See. Sie versuchten die Frauen zu beeindrucken durch ihre Kraft und Schnelligkeit im Wasser. Die meisten saßen aber an den Tischen und genossen das warme Wetter, die Speisen, die Getränke und die schöne Herbstsonne.

Die Stimmung war ausgelassen und fröhlich bis eine Mutter am Rande des Sees schrie, dass ihr Kind verschwunden war. Berthold und Karl stürmten sofort los und zogen das Kind, nach einer kurzen Suche im Schilf, aus dem Wasser. Edith rannte zu ihnen und half mit. Sie hielten das Kind an den Beinen hoch damit das Wasser aus ihm heraus lief und Edith klopfte ihm auf den Rücken. Da es nicht mehr atmete blies Edith ihm Luft in den Mund und zum Aufwecken schlug sie ihm zweimal mit der flachen Hand ins Gesicht. Nach einer kurzen Weile machte das Kind die Augen auf und hustete den Rest vom Wasser heraus. Alle waren froh und Theobald sprach ein Dankgebet für die Rettung des Kindes.

Nach diesem Schreck setzten sich alle wieder auf ihr Bank und Berthold dankte Edith, dass sie so schnell und gut geholfen hatte. Auch die Mutter kam nun zu Edith und dankte ihr ebenfalls. Theobald musste nun wieder los da der Weg zu seinem Kloster noch weit war. Er verabschiedete sich von allen und machte sich auf den Weg. Kurze Zeit später brach auch Edith auf zu ihrer kleinen Hütte am Wald, wo der kleine Kater vermutlich schon sehnsüchtig auf sie warten würde. Sie verabschiedete sich von allen und ging schnell los. Sie wollte noch vor der Dunkelheit zu Hause sein.

Die Dorfbewohner blieben noch bis zum Abend am See sitzen und die Mütter schauten nun nur noch viel mehr darauf was ihre Kinder im Wasser machten und ließen sie nicht mehr so weit in den See hinein.

Als die Dämmerung anbrach machten sich alle wieder auf den Weg in ihr Dorf. Die Reste der Mahlzeit hatten sie auf den Wagen gepackt und den Platz wieder aufgeräumt. So etwas wollten sie unbedingt mal wieder machen. Alle lachten auf dem Weg und auch Johanna mit Hagen, der nun schon in ihrem Arm schlief, war froh über den schönen Sonntag am See. Sie ließ ihren Blick über den See schweifen und schaute dann auf die rote Sonne die sich zum Sonnenuntergang über dem Dorf zeigte.

9. Kapitel

Eine schreckliche Nacht

Es war Sommer geworden und seit Tagen war es fast unerträglich heiß in dem Dorf. Trotzdem mussten alle auf das Feld um die Ernte einzubringen. Während jede Familie sich selbst um ihre Tiere kümmerte war die Feldarbeit immer im gesamten Dorf von allen gemeinsam gemacht worden. Es war einfacher und besser alles gemeinsam zu machen. Die Aussaat im Frühjahr, das Bewachen der Felder im Sommer und die Ernte im Herbst nahm einen großen Teil des Jahres in Anspruch.

Berthold traute dem Wetter nicht, oft schaute er zum Himmel. Wenn es so lange so heiß war kam immer ein Regen, und den konnte er mitten in der Ernte nicht brauchen. Johanna und Magda waren die einzigen von den Erwachsenen die im Dorf geblieben waren. Hagen war nun etwas mehr als ein Jahr alt und Johanna war mit dem zweiten Kind schwanger. Dieses sollte im Winter zur Welt kommen, bei Magda war es nun fast so weit für ihr erstes. Nur noch ein paar Wochen aber es ging ihr oft nicht so gut. Darum war Johanna bei ihr geblieben. Zusammen betreuten sie nun die kleinen Kinder im Dorf damit die Mütter mit aufs Feld konnten.

Es ging langsam auf den Abend zu als Johanna mit Hagen spielte und plötzlich einen Knall und einen Schrei aus dem hinteren Teil der Hütte hörte. Etwas fiel mit einen dumpfen Geräusch zu Boden und sie ging schnell hin um nachzusehen. Magda war über eine Kante gestürzt und hingefallen. Sie krümmte sich vor Schmerzen und schrie. Johanna versuchte sie zu beruhigen, was ihr aber nicht gelang. Sie schickte schnell zwei größere Kinder zu den Männern aufs Feld damit sie Wolfgang, Berthold und Gundula holen sollten. Danach kümmerte sie sich wieder um Magda ohne dabei ihren Sohn und die anderen Kinder aus dem Blick zu lassen.

Die beiden Kinder liefen schreiend auf das Feld und Berthold wusste sofort, dass etwas im Dorf passiert sein musste. Er ließ sich von ihnen erzählen was passiert war, übergab Karl die Aufsicht auf dem Feld mit der Aufgabe weiter zu ernten, und rannte mit Wolfgang, Gundula und den beiden Kindern zurück in das Dorf. Dort angekommen hörten sie Magda schon schreien. Er schickte Gundula in den Stall um mit zwei Pferden zu Edith zu reiten damit diese schnell kommen konnte. Keiner außer ihr konnte jetzt noch etwas tun um zu helfen.

Gundula sauste los und schon kurz darauf hörte Berthold die Pferde los galoppieren. Der Hufschlag verklang langsam in der Ferne und die Zeit schien nicht zu vergehen. Er wusste, dass es mindestens eine Stunde dauern würde, eine unendliche Zeit für die sich in Schmerzen krümmende Frau. Aber was sollten sie machen. Draußen wurde es immer dunkler. Irgendetwas stimmte da nicht, es war doch noch gar nicht so spät. Berthold trat vor die Hütte und sah die Dorfbewohner sehr schnell wieder in das Dorf zurück rennen. Der Himmel über ihnen färbte sich schwarz. „Auch das noch", dachte er und da zuckte auch schon der erste Blitz unweit des Dorfes hernieder. Jetzt bloß keinen Regen bat er Gott und er betete auch dafür, dass Gundula mit Edith möglichst schnell in das Dorf kommen mögen um Magda zu helfen. Aber jetzt in dem Gewitter?

Es wurde immer dunkler, die Blitze kamen immer schneller und auch immer näher an das Dorf. Im Schein eines Blitzes sah er zwei Reiter auf das Dorf zukommen. Es waren Gundula und Edith die sich durch das Gewitter kämpften. Sie mussten die Pferde immer wieder beruhigen damit diese nicht durchgingen. Am Dorf angekommen übergab Edith ihr Pferd an die andere Frau und rannte in die Hütte. Johanna erzählte ihr kurz was passiert war und Edith begann mit der Behandlung. Magda hörte auf zu schreien und es wurde zu einem wimmern. Gundula hatte die Pferde in den Stall gebracht und kam nun auch zu dem Haus. In diesem Moment kam Edith heraus und sagte zu den Männern "Sie hat das Kind verloren ich konnte nichts für das Kind tun. Es tut mir leid." Wolfgang ging in das Haus hinein und versuchte seine Frau zu trösten, die nun weinte. Die Schmerzen waren weg aber die Verzweiflung war geblieben.

Das Gewitter verzog sich langsam und Berthold war auf der einen Seite froh, dass es nicht geregnet hatte, aber auf der anderen Seite traurig, dass Magda das Kind, auf das sie und Wolfgang sich schon so gefreut hatten, verloren hatte. Gundula erzählte nun, dass sie Edith erst nicht finden konnte da diese noch in einem anderen Dorf war und einem Bauern geholfen hatte, der sich mit einer Sichel verletzt hatte. Darum hatte es so lange gedauert bis sie wieder zurück waren.

Berthold schickte nun alle in ihre Häuser, hier konnten sie sowieso nichts mehr tun und am nächsten Tag sollten alle wieder bei Sonnenaufgang auf das Feld. Die Ernte musste weitergehen, davon hing ihr aller Leben im Winter ab. Jedes Korn das sie nicht ernten konnten fehlte und wer weiß ob sie beim nächsten Gewitter wieder so viel Glück haben werden, dass es nicht regnet.

Am nächsten Morgen versammelten sie sich alle kurz vor der Hütte von Wolfgang und Magda. Da das Kind nicht getauft war konnten sie es nicht auf dem Friedhof beerdigen lassen sondern mussten es hinter der Hütte bestatten. Wolfgang hatte schon eine kleine Grube ausgehoben und Magda hatte ihr Kind in ein Tuch gewickelt. Berthold hielt eine kurze Ansprache und danach legten sie das tote Kind in die Grube. Wolfgang bedeckte es vorsichtig mit Erde. Er stellte dann einen kleinen Stein als Zeichen auf und sprach ein Gebet. Nun sah Magda, dass Edith immer noch da war und sie schrie diese an. "Wegen dir ist mein Kind tot und es liegt noch nicht mal in geweihter Erde." Edith erwiderte, dass sie nichts hatte tun können und das Kind bei ihrer Ankunft schon tot war, doch Magda wollte nichts davon hören. Berthold trat zwischen die Frauen und beendete den Streit. Er schickt alle wieder auf das Feld. Magda sollte sich in der Hütte noch einen Tag ausruhen und Edith brach auch wieder auf zu ihrer kleinen Hütte am Waldrand.

Johanna würde wieder die Kinder betreuen und auch auf Magda aufpassen, die sich nun etwas ausruhte. Berthold schloss sich dem Zug aufs Feld an und trieb alle zur Eile. Die Ernte musste in die Scheune.

10. Kapitel
Übung macht den Meister

Für alle freien Bauern war es Pflicht sich regelmäßig in der Kriegskunst zu üben und ihre Ausrüstung für den Kampf in Ordnung zu halten. So wie in allen anderen sächsischen Dörfern, vor allen denen entlang der Grenze zu den Slawen, musste nun auch in Bertholds Dorf diese Übung gemacht werden. Im Frühling und im Herbst wurden die Übungen häufiger, im Sommer und Winter kaum gemacht. Im Winter war es oft durch den Schnee und im Sommer durch die Ernte unmöglich zu üben. Jetzt, da der Frühling kam und die Aussaat abgeschlossen war wurden die Übungen wieder häufiger. Über den Winter war man etwas eingerostet geworden doch die Verteidigung des Dorfes musste immer Sichergestellt sein. Die slawische Grenze war ja nicht weit von ihnen weg. Jenseits der Elbe in den dunklen Wäldern lebten sie und auch die Ungarn fielen immer mal wieder in die Dörfer der Sachsen ein.

Vor vielen Jahren, er war damals erst acht Jahre, hatte Berthold seinen Vater bei einem Angriff der Ungarn verloren. Diese waren schnelle Reiter und gute Bogenschützen. Ihre Pfeile flogen doppelt so weit wie die der Sachsen und sie konnten im vollen Galopp vom Rücken ihrer Pferde aus schießen und treffen. Einer dieser Pfeile hatte damals seinen Vater getroffen als dieser mit seinen Leuten ihr Dorf beschützen wollte und sich mit einigen Reitern dem Angriff entgegenstellte. Sein Sax, das kurze einschneidige Schwert der Sachsen, war alles was Berthold, abgesehen von der Erinnerung an ihn, noch von ihm geblieben war.

Von seinem Onkel, der inzwischen auch schon seit vielen Jahren verstorben war, hatte er alles gelernt was er an Wissen und Können für den Kriegseinsatz brauchte. Bis auf die regelmäßigen Übungen gab es nur kleinere Kämpfe wenn mal wieder Räuber zu stellen oder ein slawischer Überfall abzuwehren war. Von ihm hatte er auch das Kettenhemd und den Helm bekommen. Das Schießen mit Pfeil und Bogen hatte er noch von seinem Vater gelernt und nun übte er regelmäßig auf dem Feld hinter dem Haus. Das brauchte er auch für die Jagd. Er hatte nur einmal sein Ziel verfehlt und das war der Keiler der ihn vor Jahren im Wald angegriffen hatte.

So etwas sollte ihm nicht mehr passieren und darum übte er oft. Auch das werfen des Speers wurde häufig geübt. Heute nun sollten alle wehrhaften Männer des Dorfes, das waren etwa dreißig, auf der Wiese gemeinsam üben. Berthold hatte zwei Strohbündel als Ziele aufgestellt. Davon war eines für die Pfeile und eines für die Speere vorgesehen. Ein jeder musste nun beide Aufgaben erfüllen und die Ziele treffen. Alle schauten zu und niemand wollte sich dabei blamieren und dann auch noch ausgelacht werden, also strengten sich alle an. Am Wiesenrand hatten sich auch ein paar Frauen eingefunden die ihre Männer beobachten und ab und zu tuschelten. Das machte die Männer dann doch etwas nervös aber fast alle trafen beim ersten Versuch. Nur Friedrich und Konrad brauchten jeder einen zweiten Pfeil. Berthold hielt die beiden an weiter zu üben.

Danach kontrollierte er noch die Ausrüstung seiner Kämpfer. Wo etwas zu reparieren war wurde Siegfried in der Schmiede sofort tätig. Hier musste ein Kettenhemd geflickt, dort ein Schwert oder die Spitze eines Speers scharf geschliffen werden.

Nachdem die Ausrüstung kontrolliert und in Ordnung gebracht war wurde der Zweikampf von Mann zu Mann geübt. Mit Schild und Schwert oder Schild und Speer mussten immer zwei Kämpfer jeweils zu Fuß gegeneinander antreten. Ziel war es den anderen zu Fall zu bringen. Gewonnen hatte der, der als letzter aufrecht stand und heute war das Siegfried. Er war der stärkste Kämpfer des Dorfes und ihn konnte keiner so leicht besiegen. Zum Dank klopfte ihm Berthold auf die Schulter.

Anschließend gingen alle in die Ställe, sattelten und holten ihre Pferde. Sie mussten einen, von Berthold mit ein paar Pfählen abgesteckten, Kurs so schnell wie möglich abreiten und mit dem Speer verschiedene Ziele in unterschiedlichen Höhen treffen. Das schwerste Ziel war dabei einen an einem Seil von einem Ast herab hängenden Ring mit dem Speer im vollen Galopp zu treffen.

In dieser Disziplin wurden auch bei den gemeinsamen Übungen aller Dörfer Wettkämpfe durchgeführt und im letzten Jahr hatte Berthold diesen Wettbewerb gewonnen. Er hatte die Anerkennung des Bischofs erhalten und wurde von ihm damit geehrte, dass er zum Truppführer ernannt wurde. In einem Kampf musste und durfte er nun einen kleinen Trupp aus den Kämpfern mehrere Dörfer führen. Die Beherrschung des Pferdes und eine ruhige Hand mit dem Speer waren dabei besonders wichtig. Am heutigen Tag nun, da Berthold nicht teilnahm, siegte Friedrich bei dieser Übung und alle beglückwünschten ihn.

Dann traten immer zwei Reiter mit stumpfen Speeren gegeneinander an und versuchten sich aus dem Sattel zu stoßen indem sie mit den Speeren auf die Schilde stießen. Zum Abschluss dirigierte Berthold alle in eine Reihe, sie mussten daraufhin eine Linie bilden und in dieser Linie mit gesenktem Speer und Schild gegen einen unsichtbaren Feind anreiten so wie man es in einer Schlacht von ihnen verlangen würde. Nach ein paar Versuchen blieb die Linie zusammen und alle Pferde galoppierten mit minimalem Abstand in einer geschlossenen Front über die Wiese.

Sie übten Wendungen, stürmten vorwärts, stoppten und galoppierten in die andere Richtung zurück. Berthold war mit der Leistung seiner Männer zufrieden und ließ sie nun absitzen. Er nahm noch einmal alle zusammen und dankte ihnen bevor er alle wieder zu ihren Häuser sowie Familien lies. Dabei erinnerte er sie an das Schicksal seines Vaters und daran, dass nur Übung im Frieden dazu führen kann in einem Kampf zu gewinnen und zu überleben.

Nur durch das beständige üben konnte sie die Fähigkeiten so vervollkommnen, das sie in einer Schlacht oder einem Kampf überleben konnten und den Sieg davon tragen würden. Er, Berthold, wollte sie alle wieder mit zurückbringen zu ihren Familien. Der Bischof, der neben geistigen Führer des Bistums auch der Lehnsherr und damit auch der militärische war, verlangte von ihnen Disziplin und Mut. Berthold würde ihm bei nächsten Mal Bericht erstatten wie die Übung verlaufen und wie Stolz er auf die Leistung seiner Männer war.

11. Kapitel

Ein Winter an der Elbe

Die Gegend um das Dorf sah aus als wenn ein großes, weißes Tuch über alles ausgebreitet wäre. Der kalte Wind pfiff um die Hecke und wehte den Schnee bis zu ihrer Oberkante sowie darüber hinweg in das Dorf hinein. Die Glocken des Klosters klangen durch die kalte Luft ganz nah und die Männer hatten Wege zwischen den Hütten freigeräumt da die Tiere versorgt werden mussten. In der Gemeinschaftshütte am Dorfplatz fand nun ein großer Teil der gemeinsamen dörflichen Beschäftigungen statt. Wenn man sich treffen wollte ging man dort hin. Die Kinder spielten dort in einer Ecke mit Holzstücken die Berthold und Karl aus einem Baumstamm gesägt hatten. Sie bauten Türme oder Häuser und Hagen, der nun fast anderthalb Jahre alt war, machte sich immer eine Spaß daraus die Türme der anderen um zu schubsen. Danach rannte er schnell zu seiner Mutter, die mit den anderen Frauen an einem Tisch saß und nähte. Sie sollte ihn dann vor den anderen Kindern beschützen.

Das flackernde Licht der Talglichter und der Schein des Feuers in der Ecke zeichneten zuckende Schatten an die Wände der Hütte und reflektierte im Eis, welches sich an der Außenwand gebildet hatte. An solch eine lange, große Kälte konnte sich Berthold nicht erinnern. Selten lag der Schnee so hoch wie gerade jetzt in diesem Winter. Sie konnten nicht in den Wald zur Jagd gehen und auch sonst konnten sie nicht aus dem Dorf. Er hatte von einem Boten des Bischofs, der es durch den tiefen Schnee geschafft hatte, gehört, dass die Elbe schon zugefroren war, jedoch konnten die Slawen das nicht für sich ausnutzen. An manchen Stellen konnte ein Pferd samt Reiter in den Schneewehen versinken und da konnte sich niemand bewegen. Wenn sie nicht aus dem Dorf konnten, so sagte sich Berthold, konnte auch niemand hinein gelangen. Es sei denn, dass er, wie der Bote, durch den tiefen Schnee zu Fuß geht.

Bei Johanna war es nun fast soweit für das zweite Kind. Nur noch ein paar Tage konnte es dauern. Sie nähte schon seit einer Weile Kindersachen und tauschte sich mit den anderen Müttern aus. Magda war auch wieder schwanger und sollte im nächsten Frühjahr ihr Kind bekommen, doch sie trauerte immer noch dem Kind nach, welches sie im Sommer verloren hatte. Und sie hatte Edith nie verziehen obwohl diese ja nichts dafür konnte.

Edith lebte weiter unter dem Schutz Bertholds in ihrer kleine Hütte am Wald. Das gefiel ihm jedoch gar nicht. So alleine im Wald und dann bei dieser Kälte. Er hätte sie schon gern im Dorf gehabt. Nicht zuletzt, damit sie Johanna mit dem Kind bei der Geburt helfen konnte. Es war zwar nicht die optimale Zeit im Winter für ein Kind, besser wäre es im Frühjahr oder Sommer gewesen da wären die Vorräte größer, doch was sollte man machen. Die Männer spielten in der Hütte Mühle auf einem Brett oder bereiteten die Arbeitsgeräte für die Feldarbeit oder die Jagd im nächsten Jahr vor. Konrad spielte manchmal auf seiner Leier und die Frauen sangen dazu. Man tat was man eben so machte wenn man nicht vors Haus wollte oder konnte. Abends gingen dann auch wieder alle in ihre eigenen Häuser zurück und so war es auch an diesen Abend.

Berthold, Johanna und Hagen waren gerade zu Hause angekommen als bei ihr die Wehen einsetzten. Berthold ging schnell zu Gundula damit diese herüber kam und Johanna versorgte während er auf Hagen aufpassen wollte. Kurz nach Gundulas Ankunft ging die Tür erneut auf und Edith stand in dem Haus. Sie hatte wieder, so wie beim letzten Mal, geahnt, dass es soweit war und sich schon am Nachmittag auf den Weg durch den Schnee gemacht. Sie war dick eingepackt und hatte zwei große Taschen dabei die sie auf eine Bank an der Wand legte. Aus einer nahm sie nun ein paar Kräuter heraus um sie Johanna zu geben. Plötzlich schrie Gundula auf. Die Tasche hatte sich bewegt. Sie hatte es ganz deutlich gesehen. an der Seite ragte etwas weiße heraus und das bewegte sich. Edith öffnete die Tasche und ihr kleiner, weißer Kater sprang heraus. Er setzte sich an das Feuer, aus dem hinteren Hausbereich kam eine kleine schwarze Katze hervor und setzte sich miauend zu ihm. Das war die Katze die Edith Gundula zur Hochzeit geschenkt hatte. Die beiden Katzen kuschelten sich aneinander und legten sich zum wärmen an das Feuer.

Die beiden Frauen kümmerten sich nun um Johanna während Berthold auf Hagen aufpasste, mit ihm spielte und ihn so von dem geschehen ablenkte. Auch dieses mal dauerte es nicht lange bis sie das schreien des Babys vernahmen. Diesmal war es ein Mädchen. Hagen ging hinüber, von seinem Vater begleitet, um seine Schwester anzuschauen. Edith machte sie gerade sauber, packte sie danach in ein Tuch und legte sie zu ihrer Mutter ins Bett.

Berthold bat Edith den Winter über, oder zumindest solange der Schnee noch so hoch lag, im Dorf zu bleiben. Edith schmunzelte und sagte "Was denkst du denn, warum ich meinen Kater mitgebracht habe?" Da bereitete er ihr in der Ecke ein Bett und fragte sie ob sie schon etwas gegessen hatte. Nun merkte Edith das sie etwas hungrig war und lies sich von Berthold gern etwas aus der Vorratskammer im hinteren Teil des Hauses holen. Sie setzte sich am Feuer an den Tisch und aß im Lichte der Talglichter etwas Brot und Wurst die Berthold ihr abgeschnitten und auf einen Teller gelegt hatte. Auch Gundula setzte sich kurz mit an den Tisch und die drei unterhielten sich während Johanna das Baby stillte. Hagen hatte mit den beiden Katzen gespielt bis diese keine Lust mehr hatten und sich miauend in den hinteren Teil der Hütte zurückzogen. Dann brachte Berthold Hagen ins Bett und schaute noch einmal nach Frau und Tochter die gerade beide eingeschlafen waren.

Nach all der Aufregung begaben sich nun auch Edith und Berthold zur Ruhe und Gundula sorgte dafür, dass alle im Dorf noch vor dem Einschlafen erfahren hatten, dass die kleine Luisa geboren wurde, sowie das Mutter und Tochter wohlauf seien.

12. Kapitel

Auf dem Weg zur Schlacht

Es war Anfang August des Jahres 955. Auf dem Feld war die Ernte im vollen Gange. Fast das ganze Dorf arbeitete auf dem Feld um die Ernte schnell in die Scheune zu bringen. Zusammen mit Johanna betreute Gundula die kleinen Kinder im Dorf die noch nicht mit aufs Feld durften und sie spielten mit ihnen. Es war ein schöner und heißer Sommertag. Gegen Mittag hörte man vom Kloster auf einmal, dass die Glocken zum Sturm läuteten. Für Berthold und alle anderen im Dorf war es das Zeichen für das Bereitmachen der Kämpfer zum Kampf und zur Verteidigung des Dorfes. Schnell rannten alle Männer in das Dorf zu ihren Häusern zurück und legten die Ausrüstung für den Kampf an. Die Frauen kamen mit den Kindern und den Alten ebenfalls schnell nach. Man wusste ja nicht ob ein Angriff erfolgte und da war es im Dorf unter dem Schutz der Kämpfer auf alle Fälle sicherer.

Alle bezogen die Positionen im Dorf, so wie sie es immer geübt hatten. An der Hecke, an den Wegen und auf dem Zugang zum Feld wurden die Wachen aufgestellt. Berthold ging von Mann zu Mann, überprüfte die Ausrüstung und ob jeder da war wo er sein sollte. Er schärfte allen ein, gut aufzupassen und nichts zu übersehen. Sie sollte ihm Bescheid geben wenn sie etwas sahen oder etwas ungewöhnliches passierte. Er selbst hielt sich in der Mitte des Dorfes, an der Schmiede beim Gemeinschaftshaus auf.

Nach einer ganzen Weile rief die Wache am nördlichen, dem Kloster zugewandten Dorfeingang "Da kommt ein Reiter vom Bischof. Ich kann das Wappen erkennen." Berthold eilte in voller Ausrüstung mit Kettenhemd, Helm, Speer und Schild durch das Dorf zu der Wache. Er erkannte den Reiter sofort. Es war einer der beiden

Männer des Bischofs von damals an dem Wirtshaus, die ihn verprügeln wollten. Auch der Reiter erkannte Berthold sofort. Er sagte "König Otto hat zur Schlacht gegen die Ungarn bei Augsburg aufgerufen. Die Hälfte aller Kämpfer soll so schnell wie möglich nach Augsburg. Die andere Hälfte soll die Dörfer vor den Slawen beschützen falls diese die Gelegenheit für einen Angriff ausnutzen wollten. Brecht schnell auf die Zeit drängt." Nachdem er die Nachricht überbracht hatte ritt er den Weg entlang durch das Dorf in das nächste Dorf weiter.

Berthold lies alle Kämpfer auf dem Dorfplatz antreten und legte nun fest, dass ihn die eine Hälfte der Männer in die Schlacht begleiten würde und die andere Hälfte unter Wolfgangs Führung das Dorf beschützen sollte. Er legte fest wer mitkommt und wer bleiben sollte. Die Ernte sollte ebenfalls schnell eingebracht werden, dann sattelten sie ihre Pferde, packten etwas zu Essen als Vorrat für den Weg ein und verabschiedeten sich von ihren Familien. Johanna hatte Luisa auf den Arm und Hagen stand neben ihr. Er hatte die kleine schwarz, weise Katze auf dem Arm die ihm Gundula geschenkt hatte und schmiegte sich an Johannas Rock. Berthold verabschiedete sich von allen dreien und gab Johanna einen Kuss bevor er auf das Pferd stieg. Friedrich reichte ihm dann Speer und Schild und stieg danach ebenfalls auf.

Die Dorfbewohner versammelten sich an der Hecke und winkten den fünfzehn Mann zu die sich nun schnell in Richtung der Mittagssonne entfernten. Augsburg war weit im Süden und sie sollten so schnell wie möglich dorthin gelangen hatte ihr König befohlen. Sie beschlossen zwar langsam, dafür aber stetig durchzureiten und auf längere Rasten zu verzichten. Wenn die Pferde es durchhielten könnten sie in zwei oder drei Tagen in Augsburg sein. Ihr König vertraute darauf, dass sie pünktlich da sein würden, und sie wollten ihn nicht enttäuschen.

Als sie den Weg entlang ritten sahen sie von allen Seiten nun die Männer aus den anderen Dörfern der Umgebung kommen die sich dem Zug anschlossen. Schnell waren sie hundert Mann und Berthold übernahm die Führung so wie es der Bischof einst festgelegt hatte. Am Schluss des Trupps ritt Siegfried der den Zug zusammenhielt und verhinderte, dass jemand zurückfiel. Sie ritten über Waldwege, kleine Brücken, durch Dörfer und von überall schlossen sich ihnen weitere Kämpfer an. Schnell kamen sie voran, so wie es Berthold geplant hatte. Sie rasteten nur um die Pferde zu tränken, gegessen wurde im Reiten und auch nachts wurde weiter geritten. Dazu führte immer einer sein Pferd und ein weiteres während sein Nebenmann im reiten schlief. Nach einer Weile wurde dann gewechselt und der andere schlief. Für die Schlacht mussten sie ja fit und ausgeruht sein.

Als sie das Heer bei Augsburg erreichten meldete Berthold die etwa 250 Männer seines Trupps beim Herold für das Aufgebot des Königs an. Dieser notierte ihre Anzahl in ein Buch und wies ihnen ein Lager zu. Dann brachten sie die erschöpften Pferde zur Tränke. Anschließend bezogen sie das Lager und ruhten sich nach dem langen Ritt erst einmal für den nächsten Tag aus. Berthold kontrollierte erst noch, dass ein jeder seiner Männer Waffen und Ausrüstung immer Griffbereit bei sich hatte.

Die schnellen ungarischen Reiter waren nah und er wollte keine Überraschung erleben. Deshalb teilte er auch doppelt so viele Wachen ein wie nötig gewesen wären. Er setzte sich zu einer dieser Wachen an das Feuer, im Angesicht der Schlacht die am nächsten Tag stattfinden würde konnte er nicht schlafen. Einigen seiner Männer ging es da nicht viel anders. Sie setzten sich stumm zu ihm an das Feuer. Ein jeder war in den Gedanken bei seiner Familie aber auch bei dem Kampf der sich schon abzeichnete.

Die Stadt Augsburg wurde schon seit dem Vortag von den Ungarn belagert und es hatte schon viele Kämpfe gegeben. Der König hatte dazu aufgerufen an diesem Tag zu fasten und so geschah es auch. Nur die Pferde grasten in der Nähe der Zelte auf einer Wiese. Ab und zu durchbrach das Wiehern eines Pferdes die Stille zwischen den Menschen. Alle schreckten kurz zusammen. Waren das die Ungarn? Griffen sie in der Nacht an? Doch es blieb alles ruhig im Lager also wendete man sich wieder dem Feuer und dem Grübeln zu. So war es an vielen Feuern in der Nacht. Vermutlich auch an den Feuern der Ungarn.

13. Kapitel

Am Randes des Waldes

Es war der Morgen nach dem Tag an dem Berthold mit der einen Hälfte der wehrbaren Männer zur Schlacht aufgebrochen war. Die Frauen und ein paar alte Männer machten sich auf den Weg zum Feld. Wolfgang teilte Wachen für das Dorf und fürs Feld ein so wie Berthold es vor seinen Aufbruch angewiesen hatte. Johanna und Gundula würden wieder im Dorf die kleinen Kinder betreuen. Magda brachte daher ihren kleinen Sohn zu ihr, aber Johanna spürte, dass etwas mit ihr nicht stimmte.

Sie sah ihr nach und bemerkte, dass Magda an ihrem Mann trat und heftig, immer lauter werdend, mit ihm stritt. Wortfetzen, die wie Edith, bestrafen, Taufe und Kirche klangen, trug der Wind zu ihr herüber und sie wusste was los war. Magda hatte den Verlust ihres ersten Kindes immer noch nicht verwunden und wollte sich nun, da Berthold, der Edith bisher beschützt hatte, nicht da war, mit Hilfe ihres Mannes an Edith rächen.

Schnell ging Johanna zu Gundula und erzählte ihr von der Beobachtung und ihrer Befürchtung. Diese ging sofort in den Stall und holte ihr Pferd. Sie sattelte es und umwickelte die Hufe mit Lappen damit das Geräusch bei reiten sie nicht verraten würde. Vorsichtig führte sie das Pferd an der Leine und beim Verlassen des Stalles bemerkte sie wie Wolfgang schon die Brüder von Magda zu ihrem Stall schickte, sie musste sich also beeilen. Schnell ritt sie los und niemand bemerkte ihr abreiten oder fehlen.

Johanna betete das sie es noch rechtzeitig schaffen würde Edith zu warnen. Sie versuchte nun etwas Zeit zu gewinnen und die Leute aufzuhalten doch Magda hatte sie schon zu sehr aufgehetzt. Wolfgang sprach "Wir werden sie fangen und der Kirche übergeben. Entweder sie lässt sich taufen und schwört ihren Göttern ab oder... " Er ließ das Ende des Satzes offen doch Johanna hatte auch so verstanden was er damit sagen wollte. „Hoffentlich schafft es Gundula noch zur rechten Zeit hinzukommen" dachte sie, denn sie konnte die Reiter nun nicht mehr länger aufhalten.

Etwa zur selben Zeit hatte Gundula die kleine Hütte am Waldrand erreicht. Sie sprang vom Pferd und schilderte Edith alles was im Dorf passiert war. Edith dankte ihr für die Warnung, sagte ihr, dass sie nach Süden in das kleine Gebirge gehen würde und die beiden Frauen umarmten sich zum Abschied. Gundula nahm die Lappen von den Hufen des Pferdes die ja nun nicht mehr nötig waren, stieg wieder auf ihr Pferd und ritt, mit einem kleinen Umweg, um Wolfgang und den Männern nicht in die Hände zu fallen, über ein anderes Dorf zurück zu Johanna.

Edith packte nun alles zusammen was sie im Wald zum Überleben für ein paar Tage brauchte. Sie schnappte sich den kleinen weißen Kater und steckte ihn, obwohl er mürrisch miaute, in die Tasche. Mit zwei Taschen, Pfeil, Bogen und Wanderstock machte sie sich auf den Weg als sie die Reiter kommen sah. Auch diese sahen die Frau und wussten, dass sie gewarnt worden und die überraschende Überwältigung nicht mehr möglich war. Schnell ging sie auf das Unterholz des Waldes hinter ihrer Hütte zu, drehte sich noch einmal nach ihrem Bruder Wolfgang um und verschwand im Wald als hätte sie sich in Luft aufgelöst. Die Reiter erreichten den Waldrand doch sie konnten Edith in dem Wald weder hören noch sehen.

Diese beobachtete von einer kleinen Anhöhe im Wald hinter einem Baum die Männer und belauschte ihren Streit. Magdas Brüder wollten in den Wald hinein doch Wolfgang hielt sie mit den Worten "Edith kennt den Wald und alles was dazu gehört von klein auf. Wir werden sie nicht finden sondern wir werden im tiefen Unterholz alle sterben. Sie muss ja wieder raus aus dem Wald und dann fangen wir sie." auf. Nun hatte sie genug gehört und gesehen, unbemerkt, ohne einen Laut schlich sie durch den Wald. Der Mittagssonne entgegen.

Als Wolfgang wieder im Dorf war konnte er sich denken wer Edith gewarnt hatte aber er traute sich an Johanna nicht heran und diese nahm Gundula unter ihren Schutz. Da Gundula auch noch die Frau seines Bruders war konnte er auch da wieder nichts gegen sie ausrichten. Karl war zwar mit Berthold zur Schlacht geritten, aber wenn er nichts anderes gegen sie vorzubringen hatte als das sie Edith gewarnt hatte konnte er nichts gegen die beiden Frauen unternehmen.

Magda schäumte vor Wut weil ihre Rache nun nicht gestillt werden konnte. Doch auch sie konnte gegen die beiden Frauen, und den Rest des Dorfes, nichts ausrichten. Edith hatte allen im Dorf schon mal geholfen und alle hielten für sie zusammen. Wolfgang, Magda und Magdas Brüder standen somit gegen das ganze Dorf und sie hatten ja den Auftrag das Dorf zu beschützen, nicht die eigene Schwester zu fangen, dachte sich Wolfgang. Er versuchte nun Magda zu beruhigen und schickte sie in ihr Haus hinein. Ihre Wut würde hoffentlich schnell verfliegen. Der Abend brach langsam an und Johanna dachte an Edith im Wald.

In der Zwischenzeit bewegte sich Edith vorsichtig durch den Wald, wann immer sie eine Lichtung oder freie Fläche überqueren musste beobachtete sie erst lange ob jemand sie sehen konnte. Sie nahm große Umwege in Kauf um nicht gesehen zu werden, sie umging einige Dörfer und mied Häuser oder Menschen. Da gerade

Vollmond war konnte sie auch in der Nacht weiter gehen, nur etwas langsamer.

Nach einem Tag ging es Bergauf und sie erreichte das kleine Gebirge, das schon vielen, die noch an die alten Götter glaubten, Schutz geboten hatte. Sie suchte sich einen Lagerplatz auf einer Lichtung an dem es sicher war und sie sauberes Quellwasser hatte. Sie ließ den Kater aus der Tasche und bedankte sich bei ihren Göttern und bei Gundula sowie Johanna für die Warnung genauso wie dafür, dass ihre Flucht so gut geklappt, sie diesen sicheren Platz erreicht hatte.

Sie opferte den Geistern des Waldes und ihren Göttern etwas Räucherwerk. Der Duft der verbrannten Kräuter zog in die Wipfel der Bäume die ihr freundlich zunickten und deren Blätter rauschten. Danach legte sie sich zum ausruhen unter eine große Eiche die sie mit ihren breiten Ästen in ihrem Schlaf beschützen würde.

14. Kapitel
Ein verzweifelter Kampf

In der Nacht waren immer mehr Kämpfer im Heerlager eingetroffen. Aus Augsburg brach einen größere Gruppe von Kämpfern aus welche dort schon seit zwei Tage belagert worden waren. Einer dieser Kämpfer kam an das Feuer von Bertholds Gruppe. Er schilderte wie viele Ungarn es waren und wie gut diese mit Pfeil und Bogen umgehen konnten. In der Beherrschung der Pferde hatten sie eine unglaubliche Meisterschaft erreicht. Sie konnten im vollen Galopp schießen oder auf der Stelle wenden. Nur im Nahkampf hatten sie schwächen. Sie hatten keine Schilde, nur kurze Schwerter und ihre Rüstung bestand aus Leder was sie Angreifbar machte. Aber man musste sie erst mal so weit bekommen, dass man sich ihnen im Nahkampf nähern konnte. Ihre große Stärke war ihre Beweglichkeit und diese nutzten sie optimal aus.

Bertholds Männer legten bereits in der Nacht ihre Ausrüstung an. Diese bestand aus einem Mantel aus dicker Wolle, darüber eine Jacke aus stabilen, dicken Leder und darüber das Kettenhemd aus miteinander verbundenen Ringen. Das Kettenhemd sollte Pfeile und Schläge aufhalten, die darunter liegenden Mäntel sollten die Schläge abfangen. Der einzige Nachteil war, dass es darunter sehr warm wurde und es war gerade Mitte August. Ihre Bewaffnung bildete ein mehr als Mannshoher Speer aus Eschenholz mit einer eisernen Klinge an der Spitze. Sie war mehr als fünfzehn Zentimeter lang und zweischneidig. Berthold und die Männer im Dorf hatten geübt damit zu werfen oder ihn im Reiten als Lanze zu verwenden.

Sie hatten ihre Kurzschwerter, die Sax, bei sich und schützten sich mit einem Helm sowie einem runden Schild mit einem Metallbeschlag in der Mitte zum Schutz der Hand. Die schweren Reiter aus dem Gefolge des Königs hatten lange, sehr scharfe Schwerter bei sich, ihre Rüstung war auch dicker als die der leichten Reiterei zu welcher auch Berthold und seine Männer gehörten.

Als der Morgen anbrach ließ König Otto das gesamte Heer antreten und sie hielten einen gemeinsamen Gottesdienst ab. Dabei erinnert er sie an ihren Treueschwur und hielt die heilige Lanze hoch. Im inneren der Lanze befand sich ein Nagel vom Kreuze Christi und mit dieser Lanze war Gott selbst an ihrer Seite. Alle jubelten ihm zu und waren voller Zuversicht.

Die Heerführer teilten die Ordnung ein und ließen das Heer, insgesamt waren es 10.000 Kämpfer, antreten. Die ersten vier Blöcke zogen in Richtung Schlachtfeld. Die ersten drei davon waren Bayern und ihnen folgte ein Block Franken. Sie zogen durch eine Schneise im Wald voran so waren sie an den Seiten durch das Unterholz vor den Reitern der Ungarn geschützt.

Den fünften Block sollten sie, die Sachsen, bilden. Vorn ritten tausend schwere Panzerreiter, die sogenannte Legio Regia, danach kam der König mit fünfhundert Mann seiner Begleitung und daran schlossen sich noch fünfhundert leichte Reiter an. Unter ihnen war auch Berthold mit seiner Abteilung die den Schluss dieses Blockes bildete. Hinter ihnen waren zwei Blöcke Schwaben, dann der gesamte Tross mit den Wagen und den Abschluss des Zuges bildeten tausend Reiter aus Böhmen.

Nachdem sie eine Weile durch den Wald gezogen waren hörte Berthold hinter sich Schlachtlärm. Die leichten ungarischen Reiter hatten angefangen von hinten den Zug anzugreifen. Berthold befahl seinen Männern sofort die Pferde zu wenden und in Abwehrposition zu gehen. Schilde und Speere gesenkt und bereit warteten die fünfhundert leichten sächsischen Reiter in drei Reihen auf den Feind. Da der vordere Teil noch nichts vom Kampf mitbekommen hatte schickte Berthold Friedrich als Melder zum König nach vorn.

Viele der böhmischen Kämpfer waren im Wald schon von den Ungarn getötet worden. Die Reiter fielen danach in den Rücken des Marschblocks der Schwaben ein, zerstreuten diesen ebenfalls und töteten auch hier viele der Kämpfer. Damit fiel ihnen aber auch der gesamte Tross in die Hände und sie versuchten aus ihrem Erfolg schnell Beute zu machen. Sie rechneten nicht mit einer großen Gegenwehr da sie ja bis jetzt auch nicht aufgehalten wurden.

Vom König kam nun Friedrich mit einer Abteilung von Kämpfern und Panzerreitern zurück. Angeführt wurden diese von Konrad dem Roten, er war der Anführer der fränkischen Krieger, den man an seinem Banner leicht erkennen konnte. Er übernahm nun von Berthold die Führung und jagte mit den Reiter sowie gesenkten Lanzen in der geübten Angriffsordnung in die ungarischen Reiter hinein die beim plündern des Trosses von dem Angriff vollkommen überrascht wurden. Im Nahkampf, der nun entbrannte, hatten die leichten Reiter in ihren Lederrüstungen keine Chance gegen die mit Kettenhemd, Schild und Speer ausgerüsteten leichten Reiter und Panzerreiter der Sachsen und Franken. Nach kurzem Kampf waren die meisten ungarischen Reiter getötet oder zogen sich fluchtartig zurück.

Berthold lies nun wieder wenden. Der Tross wurde von den Resten der Schwaben begleitet und die sächsischen Reiter schlossen sich den Marschkolonnen an. Die wieder nach vorn reitenden Panzerreiter erstatteten dem König Bericht und die Kolonne setzte sich weiter in Bewegung auf das Schlachtfeld wo die Bayern schon in drei Blöcken nebeneinander aufmarschiert waren. Sie waren nur leicht bewaffnet und das Heer musste schnell vorrücken um sie nicht alleine kämpfen zu lassen.

Der König ließ seine schweren Panzerreiter hinter den Bayern aufmarschieren und zu zwei Blöcken an die Seiten ziehen. Die ungarischen Reiter griffen nun die leicht bewaffneten Bayern im Zentrum an. Ein Hagel von Pfeilen verdunkelte den Himmel. Die Reiter mussten die Schilder vors Gesicht nehmen, der Rest war durch das Kettenhemd gegen Pfeile aus dieser Entfernung gut geschützt. In Bertholds Schild schlugen drei Pfeile ein und weitere vier trafen sein Kettenhemd prallten aber ab und vielen zu Boden. Die Pfeile im Schild schlug er mit dem Speer ab. Die Bayrischen Truppen vorn hatten nicht ganz so viel Glück, viele wurden durch die Pfeile verwundet oder getötet.

Als die Ungarn nun nah vor den Bayern waren, und durch diese die dahinter stehenden Reiter nicht sehen konnten, befahl der König den schweren Panzerreiter links und rechts an den Kolonnen vorbei in die Seiten der ungarischen Reiter hinein zu reiten. Diese, durch den Flankenangriff überrascht, zögert einen Augenblick zu lange für eine Flucht. An drei Seiten hatten die Angreifer nun das Heer um sich.

Mit gesenktem Speer ritten die Reiter in breiter Reihe in die Ungarn hinein. Ohne Rüstung und Schild waren sie den Speeren und Lanzen schutzlos ausgeliefert. Im Gedränge konnten sie die Bogen nicht verwenden und nur die jeweils ersten konnten sich überhaupt wehren. So war auch eine schnelle Bewegung mit den Pferden nicht mehr möglich. Der König hatte die Feinde jetzt genau dort wo er sie haben wollte und wie er es geplant hatte. Diese Taktik hatte schon bei seinem Vater funktioniert und Bertholds Vater, der damals mit dabei war, hatte ihm davon erzählt.

Beim Zusammentreffen war Bertholds Speer zerbrochen und so nahm er die Axt, die am Sattel angebracht war, und ritt, diese Axt links und rechts niedersausend lassend, weit in die feindlichen Reihen hinein. Hinter ihm bildete sich eine Gasse durch die andere Reiter ebenfalls in die Reihen hinein reiten konnten. Siegfried hatte seinen Schmiedehammer und folgte Bertholds Vorbild, weitere Kämpfer schlossen sich ihnen an.

Der König mit der Heiligen Lanze, er war durch das Banner gut zu sehen und ritt unmittelbar hinter den Panzerreitern, führte unweit sein Heer an. Er sah zu Berthold hinüber der immer noch mit seiner Axt tief in den ungarischen Reihen wütete. Hinter sich hatte er nur besiegte Feind gelassen und nach kurzer Zeit waren auch hier wieder die meisten ungarischen Reiter entweder tot, schwer verletzt oder auf der Flucht. Die Schlachtordnung zersplitterte sich in meist ungleiche Zweikämpfe in dem die Feinde nicht gewinnen konnten. Die Kämpfe und die Feinde wurden immer weniger auf dem Schlachtfeld.

König Otto hob die heilige Lanze und sein Banner, alle jubelten. Die Schlacht war zu Ende, das Heer des Königs hatte gesiegt. Vereinzelt fliehende Reiter wurden verfolgt aber viele ertranken in den Fluten des Lechs als sie versuchten das andere, rettende Ufer zu erreichen.

15. Kapitel

Auf dem Weg der alten Götter

Zum Glück für Edith war es August und somit auch in der Nacht im Wald zu ertragen. Im Winter hätte sie nicht so viel Glück gehabt aber so ging es ja. Sie bewegte sich bei Tag und in der Nacht ruhte sie sich aus. Hier im Wald war sie so ziemlich sicher vor ihren Verfolgern. Diese würden sich nicht in das Unterholz trauen bei allen wilden Tieren und dem Dickicht. Ihre Großmutter hatte ihr schon von diesen dichten Wäldern erzählt und von all denen die sich in ihnen verstecken. Jetzt versuchte sie ein paar davon zu finden. Nur wo sollte sie suchen? Sie überlegte sich wo sie selbst sich niederlassen würde und machte sich auf den Weg.

Nicht weit vor ihr entfernt sah sie einen Weg der in den Wald hineinführte und sie folgte einfach den wie eine Treppe angeordneten Steinen einen kleinen Berg hinauf. Oben angekommen sah sie ein paar aufrecht stehende Steinsäulen und davor saßen vier Frauen um ein kleines Feuer. Es waren drei sehr junge Mädchen und eine etwas ältere Frau, vielleicht ein paar Jahre älter als Edith. Als diese Edith erblickte stand sie auf und kam um das Feuer herum auf Edith zu. Sie sagte "Ich bin Sandriné, möchtest du dich mit an unser Feuer setzten?" "Gern sagte Edith" und stellte sich allen vor.

Die drei Mädchen verbeugten sich vor Edith, sie waren etwa so alt wie Johannas Schwester Luisa. Dann nahmen alle wieder Platz. Sandriné erzählte von ihrem Ausflug auf die grüne Insel über dem Meer, dort hatte sie viel von den Druiden gelernt, von ihrer Heimat im Frankenland, von der großen Reise die sie gerade unternahm und von der Angst der Menschen wenn sie ihr begegneten. Sie erzählte auch von Feindseligkeiten ihr gegenüber und Edith konnte das bestätigen. Die drei Mädchen waren ihre Schülerinnen die sie auf ihrer Reise begleiteten und Sandriné brachte ihnen alles bei was sie so auf ihren vielen Reisen gelernt hatte. Sie war nun selbst eine Druidin geworden und gab den Schülern Einweisungen in die Magie der Druiden, die Kräuterkunde, da konnte Edith auch etwas dazu beitragen, und in altes überliefertes Heilwissen.

Nach dem Einbruch der Nacht begaben sich die drei Mädchen zum schlafen in die Hütte, Edith unterhielt sich noch lange mit der Frau. Sie tauschten Erfahrungen aus über die Heilung von Menschen und Sandriné brachte Edith auch ein paar Kenntnisse der Druiden näher. Als das Feuer niedergebrannt war legten sich die beiden zu den andern drei in die kleine Hütte die hinter den Steinen stand so, dass Edith sie am Tag hatte nicht sehen können. Am nächsten Morgen, nach dem Frühstück ging die Ausbildung für die drei Mädchen weiter. Edith saß begeistert daneben und lernte auch noch sehr viel. Sandriné war wirklich eine große und mächtige Druidin und Edith war froh sie getroffen zu haben. Am nächsten Morgen wollte Sandriné mit ihren Lehrlingen aufbrechen um zu den Slawen auf der anderen Seite der Elbe überzusetzen. Edith erklärte ihr noch den Weg und sagte ihr auch wo sie eine Fähre finden kann. Danach verabschiedeten sich die vier Frauen und Edith machte sich wieder auf den Weg in den Wald.

Auf einer Lichtung traf sie auf eine junge Frau die unter einem Baum ruhte. Sie ging auf sie zu und die Frau schaute zu ihr auf. Edith fragte ob sie sich zu ihr setzen kann was die Frau bejahte. Sie kamen ins Gespräch und die junge Frau erzählte, dass sie aus dem slawischen Bereich geflohen war. Ein kleines Dorf in der Heide, in deren Nähe es eine Wolfsschlucht gab. Sie nannte sich Diana und hatte als Schamanin und Heilerin bei ihrem Stamm gelebt. Sie hatte vielen Menschen geholfen durch ihre spirituelle Arbeit aber nach einem Streit mit dem Stammesführer musste sie hier hin fliehen um der Verfolgung durch ihn zu entgehen. Auch sie kannte sich sehr gut mit

Kräutern und Pflanzen aus. Beide Frauen tauschten sich auch über die Arbeit und die Gebete mit ihren Göttern aus. Eine Slawin hatte Edith noch nie getroffen obwohl die Slawen gar nicht weit von ihr lebten. Es war ein sehr angenehmer und aufschlussreicher Nachmittag. Nach dem Gespräch verabschiedeten sich die beiden Frauen. Diana ruhte sich wieder aus und Edith machte sich auf den Weg durch den tiefen Wald.

Am Abend des nächsten Tages sah sie einen Feuerschein durch die Bäume flackern und wandte sich in diese Richtung. Nach einer Weile trat sie auf eine Lichtung an deren Rand eine kleine Hütte stand so wie die Ihrige am Waldrand. Vor der Hütte brannte ein großes Feuer und im Schein der Flammen sah sie eine Frau dort sitzen. Sie war nicht viel älter als sie selbst und so ging sie einfach zu ihr hinüber. Die Frau stand vom Feuer auf und kam langsam und vorsichtig auf Edith zu. Nach allen Seiten umschauend näherten sich die beiden Frauen. Sie trafen sich in der Mitte der Lichtung und Edith sprach "Ich bin Edith und auf der Flucht vor den Männern meines Dorfes. Wer bist du und was machst du hier im Wald?". Die andere Frau antwortete „Ich bin Shania. Ich helfe den Menschen der Dörfer in der Umgebung mit meinen Kräutern und meinen Kräften." Edith war erleichtert und sagte "Fein ich arbeite ähnlich. Lass uns unsere Erfahrungen austauschen. Darf ich eine Weile bei dir bleiben?"

Shania antwortete "Gern, wenn du magst." Beide Frauen ließen sich am Feuer nieder und tauschten Rezepte für Kräuter aus. Ab und zu lachten sie weil sie die gleichen Erfahrungen gemacht hatten im Umgang mit den anderen Menschen. Shania erklärte wie man zur Heilung die Hände auflegt und Edith erklärte wie sie Wunden verband und Muttermale Besprach. Ein reger Erfahrungsaustausch bis spät in die Nacht schloss sich an. Shania bereitete Edith ein Bett in ihrer Hütte und der kleine weiße Kater durfte auch wieder aus der Tasche raus. Am nächsten Morgen machte Shania Frühstück und lud

Edith ein sie auf dem Gang zu einem nahe gelegenen Kultplatz zu begleiten. Sie wollte dort eine Opfergabe für die Götter darbringen. Edith sagte zu und machte sich bereit sie zu begleiten.

Entlang einer kleinen Schlucht gingen die beiden Frauen in den Wald und nach kurzer Zeit erreichten sie ein altes Hügelgrab an dem vermutlich schon seit hunderten von Jahren immer wieder Menschen für rituelle Handlungen sich trafen. Die vielen Steine mit Opfergaben ließen diesen Schluss zu. An einem dieser Steine legte nun Shania ihre Opfergabe ab und bereitet ihr Ritual vor. Edith suchte sich für ihr Ritual eine andere Stelle und danach trafen sich die beiden Frauen wieder am Ausgang der Schlucht um nach Hause zu gehen. Unterwegs unterhielten sie sich wieder über Kräuter und deren Anwendung. Ab und zu sammelte Shania ein paar Pilze die am Wegesrand standen und sagte zu Edith "Die werden wir uns heute Abend schmecken lassen." Edith freute sich schon auf die leckere Pilzsuppe und sammelte dazu ein paar wohlschmeckende Kräuter und Wurzeln.

Am Abend trafen zwei weitere Frauen am Lagerfeuer von Shania ein. Eine brachte ein geschlachtetes Huhn mit als Gegenleistung für eine Hilfe die sie von Shania in der letzten Woche erhalten hatte. Diese bat die beiden doch mit am Feuer zu bleiben. Das Huhn wanderte in den Topf zu den Pilzen und so wurde die Suppe noch besser für die vier Frauen. Bis tief in die Nacht saßen sie dort und erzählten sich wie oft andere zu ihnen kamen aber meist am nächsten Tag, aus Angst vor der Kirche, nichts mehr davon wissen wollten. Edith kannte dieses Verhalten nur zu gut aus ihrem eigenen Dorf. Sie erzählte von ihren Brüdern. Das nur Berthold sie immer beschützt hatte aber der nun in der Schlacht ist. Später am Abend als das Feuer herunter gebrannt und alle Pilze mit der Suppe verspeist waren machten sich die beiden Frauen wieder auf den Weg zu ihrem Haus. Shania und Edith gingen in die kleine Hütte und schliffen bald ein. Der kleine weiße Kater kuschelte sich an Edith und schnurrte.

Nach dem nächsten Frühstück verabschiedete sich Edith von Shania. Beide Frauen umarmten sich und Shania wünschte ihr viel Glück. Edith bedankte sich und ging der Waldrand entlang weiter. Shania winkte noch eine Weile und ging dann in ihre Hütte zurück. Nach einer Weile kam Edith an ein kleines Haus am Waldrand vor dem eine alte weißhaarige Frau auf einer Bank saß. Sie fragte ob sie sich dazusetzen könne und die alte Frau lud sie ein. Sie hatte schon von den anderen beiden Frauen in der Nacht von Edith gehört und nun fachsimpelten sie selbst eine Weile. Die Frau lud Edith ein bei ihr zu übernachten was diese gern annahm.

Am nächsten Morgen verabschiedete sich Edith und machte sich auf den Weg nach Norden am Waldrand entlang. Die alte Frau winkte ihr zum Abschied zu und Edith winkte zurück. Nach einer Weile war sie dann hinter der Waldkante verschwunden und die alte Frau setzte sich wieder auf ihre Bank. Edith ging langsam den Weg am Wald entlang aber hier war nirgendwo ein Weg in den Wald hinein. Das Unterholz war einfach zu dicht. Nachts lagerte sie am Waldrand und am Tag lief sie daran entlang immer weiter nach Norden.

Mittags sah sie einen Wanderer vor sich der sie in der Statur an ihren Bruder Berthold erinnerte. Er war sehr groß und es umgab ihn eine geheimnisvolle Aura. Als sie ihn eingeholt hatte stellte sie sich kurz vor und fragte wer er sei. An seiner Seite sah sie den Griff eines Saxes aus dem Mantel ragen wenn er sich bewegte und er hatte einen Stab dabei. "Dux Bellorum" antwortete der Fremde kurz und er hatte einen Akzent den sie auch schon bei Sandriné gehört hatte. Sie fragte ihn ob er sie kennt und er bejahte dies. Sie waren einst beim selben Druiden in die Lehre gegangen und hatten alles bei ihm gelernt. Er hatte sich aber auf den Magischen Weg begeben während Sandriné den Weg der Kräuter betreten hatte. Auch er war auf der Flucht vor den "normalen" Menschen die mit seiner Ausstrahlung und seiner

Stärke nicht klar kamen. Zu fürchten hatte er wohl nichts doch auch er wollte mit der Kirche nichts zu tun haben. Er war ebenfalls auf dem Weg zu den Slawen auf der anderen Seite der Grenze. Die beiden tauschten auf dem Weg noch etwas Wissen aus bevor sie sich an einer Weggabelung trennten. Dux musste nach Osten zur Elbe und Edith ging weiter nach Norden am Waldrand entlang.

Gegen Abend erreichte sie den Eingang zu einer kleinen Schlucht dort lagerte sie noch einmal bevor sie am nächsten Tag in die Schlucht hineingehen würde. Sie machte sich aus den mitgenommenen Vorräten ein Abendessen zurecht aber sie wagte nicht ein Feuer zu machen aus Angst das dieses vielleicht von ihren Verfolgern gesehen und sie dann gefangen genommen werden würde. Sie fütterte den kleinen Kater und dieser legte sich wieder schnurrend neben ihren Kopf.

16. Kapitel
Der Bote des Königs

Nun waren sie wieder im Lager angelangt. Die bayrischen und fränkischen Einheiten hatten die Reste der Ungarn verfolgt und die meisten der Anführer gefangengenommen. Die sächsischen Truppen waren im Lager beim König geblieben. Von dem fünfzehn Mann aus seinem Dorf waren drei getötet und vier verletzt worden. Berthold wollte warten bis er mit allen verbliebenen Leuten wieder zurück ins Dorf reiten konnte. Die drei getöteten hatten sie heute auf einem Friedhof in der Nähe bestattet. Einer der vier Verletzten war Friedrich den ein Pfeil in der Schulter getroffen hatte. Das Kettenhemd hatte zwar schlimmeres verhindert aber die Spitze eines Pfeiles war in seinem Schulterblatt stecken geblieben.

Die Bader, die sich um die Verletzten kümmerten, hatten alle Hände voll zu tun. Zusammen mit den Marketenderinnen aus dem Tross trugen sie die Verletzten schon während der Schlacht vom Feld und sammelten diese zum behandeln an einem Platz nahe einer Kirche in Augsburg. Berthold hatte die Verletzten gerade besucht und es war furchtbar dort. All das Blut und die Schreie der Verletzten er hatte es nur kurz ausgehalten und war schnell wieder gegangen. Friedrich war ebenfalls mit ins Lager zurück gekommen.

Es wurde langsam Abend und als er wieder zurück bei seinem Zelt war traf ein reitender Bote des Königs bei ihm ein, der für den nächsten Morgen Berthold zum Apell beim König bat. Er konnte sich zwar nicht denken was der König von ihm wollte, doch er hoffte das es etwas Gutes sein würde. Er sorgte noch für das Essen seiner Leute und der Pferde und dann begab er sich zur Ruhe in sein Zelt.

In dieser Nacht schlief er sehr unruhig, im Traum hörte er immer noch den Lärm der Schlacht und die Schreie der Verwundeten. Er sah all das Blut vor sich, die getroffenen Pferde die sich aufbäumten wenn ein Pfeil sie traf und die wilden Reiter der Ungarn. Nass vom Schweiß schreckte er aus dem Schlaf hoch und setzte sich zu den Wachen an das Feuer vor seinem Zelt. Es war eine Sternenklare Nacht und der Kontrast zwischen diesen friedlich funkelnden Sternen und der Gewalt der Schlacht konnte nicht größer sein. Er dachte an Johanna und die beiden Kinder in der Heimat so weit weg von ihm und die positiven Gedanken an sie verdrängten langsam das Grauen der Schlacht. Die Ungarn waren endgültig besiegt und bedrohten nun nicht mehr sein Leben oder das seiner kleinen Familie.

Am Morgen legte er seine Ausrüstung an und sattelte sein Pferd. Er verabschiedete sich und machte sich auf den Weg zum König. Dort angelangt warteten schon etwa zwanzig andere die auch vom Boten am Abend zuvor informiert und zum König beordert waren. Ein Herold lies nun die schweren Panzerreiter antreten und der König trat aus seinem Zelt. Er hielt eine kleine Ansprache in der er sich über den Verlauf der Schlacht äußerte und den angetretenen für ihren Mut dankte. Der Mann neben Berthold hatte einen ungarischen Heerführer gefangen genommen, das hatte er kurz vorher den anderen erzählt.

Nun trat der König vor Berthold. Er sagte, dass er Bertholds Einsatz gesehen hatte und Berthold in der Schlacht zweimal sehr mutig und umsichtig gewesen war. Für seinen großen Einsatz und Mut werde er ihn zum Ritter schlagen und die Schwertleite durchführen. Er nahm von einen Gehilfen ein Schwert und Umgürtete es um Bertholds Hüften dann kniete sich Berthold hin und der König schlug ihm mit der Hand kräftig auf die Schulter. Der König sagte "Erhebe dich Berthold von Wansleben" und Berthold stand auf, zog das Schwert, die angetretenen Panzerreiter jubelten, nun war er einer von ihnen. Der König gab ihm die Hand und wendete sich dem nächsten zu.

Als er bei alle zwanzig die Schwertleite durchgeführt und alle mit den Schwertern ausgestattet hatte ließ er sie auf ihn und die verliehenen Schwerter die Treue schwören. Nach der Ehrung erhielt ein jeder eine Urkunde die seinen neuen Rang und die vom König durchgeführte Schwertleite bestätigten. In dem Schriftstück war auch das Recht zum Errichten einer Burg enthalten sowie ein fester jährlicher Geldbetrag, den ein jeder erhalten sollte, bestätigt.

Berthold ritt nun wieder zu seinen Männern zurück. Diese bemerkten das Schwert an seiner linken Seite und er erzählte ihnen vom König und der Schwertleite. Die Klinge des Schwertes war etwa 75 cm lang, sehr scharf und hatte eine kurze Spitze. Der Griff war schwarz und mit Leder umwickelt. Der Knauf war rund und auf jeder Seite zierte ihn ein großes Kreuz. Alle beglückwünschten Berthold und am Abend trafen die beiden anderen Verletzten ein. Damit konnten sie am nächsten Tag nach Hause aufbrechen.

Nach dem Frühstück packten sie ihre Sachen ein und meldeten sich im Feldlager ab. Sie ritten los doch diesmal wollten sie unterwegs pausen machen und nicht durchreiten wie auf dem Hinweg. Nur die Sehnsucht nach ihren Familien trieb sie an. In der ersten Nacht machten sie in einer Schänke rast und nahmen dort Quartier. Berthold gab seinen Leuten von dem Geld des Königs ein paar Bier aus und nach genügend Bier konnte er in dieser Nacht gut durchschlafen. Die Albträume blieben aus. Erholt brachen sie am nächsten Morgen auf. In den nächsten Nächten übernachteten sie entweder wieder in den Schänken und Gasthäusern am Wegesrand oder sie schliefen einfach am Feuer im Wald. Sie brauchten für die lange Strecke für die sie auf dem Hinweg nur drei Tage gebraucht hatten fast eine Woche bis sie wieder in bekannte Gegend kamen und zuletzt das Dorf wieder vor sich sahen.

Der Posten am Eingang des Dorfes bemerkte die Reiter und rief das Dorf zusammen. Schnell versammelten sich alle auf dem Dorfplatz, die welche auf dem Feld gearbeitet hatten kamen ebenfalls schnell ins Dorf zurück und alle jubelten den heimkehrenden Reitern zu. Alle waren gespannt was es zu berichten gab. Johanna fiel Berthold um den Hals und bemerkte erst danach das Schwert an seiner Seite. Berthold drückte und Küsste erst sie, danach seine beiden Kinder. Er schilderte kurz für alle den Ausgang der Schlacht und Johanna war mächtig stolz auf ihren tapferen Mann. Sie war jetzt die Frau eines Ritters.

17. Kapitel

Ein Streit

Johanna hatte ihm bereits am Abend der Rückkehr von der Schlacht erzählt was im Dorf so alles in den letzten zwei Wochen passiert war. Besonders der Konflikt zwischen Magda und Edith und wie sich Wolfgang darin verhalten hatte schilderte sie ihm. Berthold übernahm nun wieder die Führung im Dorf und er wollte seinen Bruder am nächsten Morgen zur Rede stellen. Danach erzählte er ihr von seinem Treffen mit dem König. Die schlimmen Details der Schlacht sparte er aus. Er dachte sich es reicht schon wenn einer Albträume hat und warum sollte er sie damit im Nachhinein noch beunruhigen. Nach dem Essen gingen sie früh ins Bett.

Als der Morgen anbrach ging er zu Wolfgang hinüber und stellte ihn zur Rede. Dieser wollte erst kein Einsehen zeigen und Magda versuchte Berthold ebenfalls zu beeinflussen doch er wollte nichts davon wissen und schnitt den beiden mit einer Handbewegung das Wort ab. Er verwies auf all das Gute was Edith für das Dorf gemacht hatte und auch darauf, dass Edith damals sogar durch das Gewitter geritten war und dabei ihr Leben riskiert hatte. Wolfgang dachte darüber nach und lenkte nach kurzer Zeit ein. Auch Magda kam nun ins Nachdenken und machte sich auf einmal Vorwürfe wegen ihres Verhaltens.

Berthold sagte "Wir müssen sie zurück in unser Dorf holen. Wohin ist sie gegangen?" leider wusste es Wolfgang nicht doch Gundula hatte ja noch mit Edith gesprochen und konnte die grobe Richtung angeben. Am nächsten Tag wollten sie sich mit zwei Suchtrupps auf den Weg machen. Den einen Trupp sollte Berthold und den anderen

Wolfgang führen. Die Arbeit im Dorf sollte Karl derweil weiter führen.

Auch wenn er erst am Vortag zurück gekommen war so hatte Johanna doch Verständnis dafür, dass er seine Schwester schnell wieder in das Dorf zurück holen wollte.

Am frühen Morgen machten sich die beiden Trupps gemeinsam auf den Weg nach Süden so wie es Edith zu Gundula gesagt hatte. Erst bei den Bergen würden sie sich aufteilen und nach Spuren von Edith suchen. Bertholds Trupp würde links und Wolfgangs Trupp rechts herum gehen. Der Wald und das Unterholz waren sehr dicht. Nur an einigen Stellen konnte man überhaupt in den Wald hinein, doch wo sollten sie suchen ohne einen Anhaltspunkt.

Berthold dachte sich ob Edith nicht vielleicht irgendwo eine Markierung angebracht hatte wie damals als sie noch als Kinder im Wald gespielt hatten. Da hatte sie eine Markierung in Runen in die Rinde geschnitten und genau nach solchen Zeichen suchte er nun. So ritten sie den Waldrand entlang und immer wo ein Weg, ein Bach oder eine Schlucht in den Wald führte verweilten sie und suchten nach einem Zeichen. Immer weiter führte sie ihr Weg und am Abend hatten sie immer noch keine Nachricht gefunden. Als die Dunkelheit einbrach machten sie Feuer und rasteten für die Nacht. Mit den Pferden konnten sie nachts nicht reiten und ein Zeichen würden sie auch nicht sehen.

In der Nacht hatte Berthold ein Feuer in einiger Entfernung im Wald gesehen. Am Morgen wollte er nachschauen wer oder was dort im Wald ist. Insgeheim hoffte er natürlich, dass Edith dieses Feuer gemacht hatte doch er musste noch eine ganze Nacht in Ungewissheit verbringen. Als die Sonne aufging brachen sie schnell in diese Richtung auf und nach einer kurzen Zeit trafen sie auf ein Haus so wie es Edith gehörte. Berthold übergab sein Pferd an einen seiner Begleiter und klopfte an.

Auch Wolfgangs Trupp kam voran bis auf ein paar kleine Bäche hatte er noch nichts gefunden wo man ins Unterholz vordringen und in den Wald gehen konnte. An den meisten Stellen war der Wald einfach zu dicht. Er konnte nicht glauben, dass Edith dort sein würde, also zogen sie weiter. Nur wo sollte man den suchen? Wo war sie nur? Er machte sich große Vorwürfe, dass er auf Magda gehört hatte und die eigene Schwester vor ihm in den Wald geflohen war. Nun musste und wollte er sie finden aber wo?

Vor Berthold tat sich die Tür des kleinen Hauses knarrend auf und eine alte Frau mit fast weißem Haar trat hervor. Sie schaute die Männer ängstlich an, hierher verirrten sich selten andere Menschen. Wenn überhaupt traf man nur andere die in den Wald geflohen waren aber so sahen die Männer vor der Tür nicht aus. Berthold stellte sich kurz vor und schilderte ihr den Grund seiner Suche und er sah das blitzen in ihren Augen. Er wusste, dass diese Frau ihm helfen konnte. "Ja" sagte sie "Ich habe von Edith gehört. Sie hat mich hier mal kurz besucht und von dir gesprochen. Aber sie ist in den nördlichen Teil des Waldes zurückgegangen. Suche dort so wirst du sie finden." Berthold bedankte sich und machte sich auf den Weg hinter Wolfgang her, der ja im nördlichen Teil auf der Suche war. Die alte Frau konnte nicht genau sagen wo Edith war, aber da sie ja noch vor kurzen mit ihr gesprochen hatte konnte sie nicht so weit sein. Er hoffte und vertraute darauf, dass Wolfgang sie eher finden würde, vielleicht hatte er sie ja sogar schon getroffen. Alle saßen auf und machten sich auf den Weg Richtung Norden. Wieder am Waldrand entlang und wieder auf Spuren achtend. Diesmal kamen sie aber zügiger voran weil sie ja die Gegend schon kannten.

Wolfgang hatte ein Zeichen gefunden, oder das was er dafür hielt. In einem Gebüsch hatte er Fell von einem weißen Kater gefunden und er wusste ja, dass Edith so einen hatte. Sie, oder jemand anderes mit einer weißen Katze, musste also hier gewesen sein.

Nach einer Weile sah er einen kleinen Bach an dessen beiden Seiten der Wald nicht ganz bis zum Ufer reichte und genug Platz war um dort in den Wald zu gehen. Sie ließen die Pferde mit einem Mann zurück und versuchten ihr Glück. Es dauerte nicht lange bis sich der Wald noch weiter vom Bach zurückzog und sie auf eine freie Fläche kamen vor ihnen öffnete sich eine tiefe Schlucht. Sollten sie dahinein gehen? Würden sie Edith dort, im Wald, finden?

18. Kapitel

Drei Schwägerinnen

Unmittelbar nach dem ihre Männer aufgebrochen waren kamen Magda und Johanna am Rande der Hecke miteinander ins Gespräch. Auch Gundula trat nun zu den beiden Frauen. Magda war ihr Verhalten Edith gegenüber sichtlich peinlich. Johanna erklärte ihr noch einmal, dass sie vermutlich damals gestorben wäre wenn Edith ihr nicht geholfen hätte. Mit gesenktem Kopf sah Magda das ja auch ein. Nun konnte sie aber nichts mehr daran ändern und betete schnell für Edith.

Zusammen gingen die drei Frauen nun an das kleine Grab hinter Magdas Haus und legten ein paar Blumen nieder. Magda betete für die kleine Seele dabei entschuldigt sich bei ihr und auch noch einmal bei Edith für ihr falsches und eigennütziges handeln. Nach dem Gebet umarmten sich die drei Frauen und versprachen sich jederzeit gegenseitig zu helfen egal was passieren würde.

Gegen Mittag kam eine Gruppe von vier Frauen in das Dorf, eine war etwas älter, die anderen drei fast noch Kinder. Sie suchten Johanna und Gundula auf und überbrachten ihnen Grüße von Edith, die sie im Wald getroffen hatten. Nachdem sie sich etwas ausgeruht und gestärkt hatten fragten sie nach dem Weg, nach einer kurzen Erklärung durch Johanna machten sie sich auf den Weg nach Magdeburg. Sie wollten am nächsten Tag über die Elbe in das slawische Gebiet weiterziehen. Johanna und Gundula waren froh etwas von ihrer Freundin Edith zu hören und gingen mit der guten Nachricht zu Magda, diese freute sich ebenfalls, dass es Edith gut ging.

Am nächsten Tag machten sich die drei Frauen gemeinsam auf den Weg aufs Feld. Ihre Kinder hatten sie einer anderen Frau zur Betreuung und zum Spielen übergeben. Schnell ging ihnen die Arbeit von der Hand. Die Männer mähten das Getreide mit der Sichel und die Frauen mussten es zusammenbinden und aufstellen. Gundula lud es auf den Wagen und Karl fuhr es dann auf den Dorfplatz wo Siegfried und ein paar andere Männer das Korn droschen. Ein paar Frauen mussten dann das aus den Ähren gedroschene Korn in die Luft werfen so, dass die Körner zu Boden fielen und der Rest, die Grannen und die Spreu, vom Wind verweht wurden. Abends wurden die Körner dann in der Scheune verstaut und das Stroh zum trocknen auf einen Haufen am Rande des Platzes gestapelt. Es sollte im Winter für die Tiere zur Fütterung verwendet werden und auch als Einstreu im Stall und im Bett wurde es genommen. In jedem Haus gab es oben unter dem Dach einen großen Lagerraum wo das Stroh, wenn es trocken war, eingelagert werden konnte.

Die drei Frauen hatten so viel auf dem Feld zu tun das sie gar nicht merkten wie die Zeit verging. Es wurde gesungen und gelacht bei der Arbeit und alle verstanden sich wieder. Am Abend mahlte Magda mit dem Mahlstein etwas von dem neuen Korn und zusammen mit ihrer Großmutter buken sie ein Brot. Es war ein besonderes Brot, das erste aus dem Korn dieser Ernte und wie jedes Jahr wurde dieses Brot mit einem kleinen Fest in der Dorfgemeinschaft gefeiert. Siegfried hatte wieder ein Feuer gemacht und Konrad spielte lustige Lieder auf seiner Leier. Am Abend dachten dann bei der Feier aber alle nur an die Männer des Suchtrupps im fernen Wald und an Edith. Die Stimmung war dadurch nicht ganz so ausgelassen wie in den anderen Jahren zuvor.

Als sich alle zur Nacht verabschiedeten standen die drei Frauen noch lange am Rande des Platzes und schauten nach Süden wo ihre Männer gerade nach Edith suchten. Sie blieben da stehen bis es ganz dunkel war und dann gingen sie sorgenvoll nach Hause. Keine der drei schlief in dieser Nacht gut. Magda hatte einen Alptraum das mit ihrem Mann etwas passieren würde und sie schreckte aus dem Schlaf. Lange konnte sie danach nicht wieder zu ihrer Ruhe zurück finden.

Als der Morgen anbrach ging sie zu Johanna und erzählte ihr von ihrem Traum. Johanna beruhigte sie war aber insgeheim selber in Sorge um ihren Mann. Aber das wollte sie sich nicht anmerken lassen. Sie dachte „Wenn wir alle schnell wieder aufs Feld gehen, dann haben wir keine Zeit für diese schlimmen Gedanken." Also rief sie alle wieder zur Arbeit zusammen. Ein Rabe flog über den Zug der Dorfbewohner hinweg und Johanna dachte sich „Das ist bestimmt ein Zeichen, eine Nachricht von Berthold und Edith, das es den beiden gut geht." Sie war etwas erleichterter aber so ganz hatte sie ihre Angst und den Kummer noch nicht ablegen können. Nur viel Arbeiten, und nicht darüber nachdenken was sein kann, konnte ihr jetzt helfen. Sie sah die anderen beiden Frauen an und sie wusste das diese genauso so wie sie dachten.

Bei jedem Geräusch, jedem Reiter oder jedem Vogel den sie erblickte oder hörte schreckte sie hoch aus ihrer Arbeit. Die richtige Ruhe konnte sie nicht finden. Die Stimmung war heute etwas angespannter als am Tag zuvor. Vielleicht hatte es mit Magdas Traum zu tun, irgendetwas war anders. Erklären konnte sie es nicht. Es war mehr so ein komisches Gefühl und wenn sie zu Magda hinüber schaute sah sie das diese ebenso aus der Arbeit hervor schreckte. Dann sahen sich die beiden Frauen an und versuchten weiter zu arbeiten. Nur nicht nachdenken.

Nach einem langen, von Ängsten unterbrochenen, Arbeitstag machten sich alle auf den Weg zurück ins Dorf. Johanna bot Magda an heute in ihrer Hütte zu übernachten was diese gern annahm.

Am Abend setzten sich die beiden Frauen auf die Bank vor Johannas Haus und blickten schweigend in die Ferne. Die Kinder liefen vor ihren Füßen hin und her und spielten miteinander aber auch das konnte sie nicht aufmuntern. Die Angst steckte einfach zu tief drin. Gerade war Berthold aus dem Krieg zurück und schon machte sich Johanna wieder Sorgen um ihn. Warum eigentlich? Er war unverletzt aus dem Krieg heimgekehrt und nun war er ja einfach nur auf einer Ausflugsreise sagte sich Johanna und sie versuchte damit auch Magda zu beruhigen. Es half und beide Frauen kamen langsam ins Gespräch über Alltäglichkeiten und die Kinder. Nach einer Weile gingen sie beide in Johannas Haus, brachten die Kinder ins Bett und in dieser Nacht schliefen die beiden Frauen gut durch und hatten keine Albträume.

19. Kapitel

Die Schlucht des Wolfes

Der graue Wolf stand am Rande einer Schlucht und schaute von oben herab. Er war etwas dürr weil er schon lange nichts mehr jagen konnte. Wenn er nicht im Wald etwas fand was ein anderer liegen ließ hatte er nichts zu fressen. Links und rechts von ihm standen mächtige und uralte Bäume. In der Tiefe der Schlucht sah er nun fünf Männer entlang ziehen. Das war einer der beiden Suchtrupps aus dem Dorf die immer noch versuchten Edith in dem dichten Wald zu finden. Wolfgang ging ein paar Schritte voraus und schnaufte etwas weil sie schon eine ganze Weile bergauf gingen. In einiger Entfernung sah er eine Lichtung und so ging er noch schneller. Er wollte dort Rast machen, doch seine Begleiter konnten sein Tempo nicht mithalten und blieben immer weiter zurück.

Als er auf die Lichtung trat hörte er zu seiner linken Seite ein knacken und brummen. Als er sich dorthin drehte sah er zwei kleine braune Bären die sich in das Unterholz drückten und ihn mit großen Augen ängstlich anschauten. Plötzlich nahm er aus dem Augenwinkel eine Bewegung hinter sich wahr. Er fuhr herum und starrte einem großen Bären direkt in die Augen der sich vor ihm aufrichtete. Das war die Mutter der kleinen Bären. Die Bärin war nicht einmal so weit entfernt wie sein Speer lang war. Sie hob die Tatzen und machte sich groß. Ein zweiter Mann vom Suchtrupp betrat nun die Lichtung und stand noch näher an der Bärin. Diese schlug mit der Tatze zu und traf den Mann am Hals. Mit einem gurgelnden Geräusch brach der Mann zusammen. Nun wand sich die Bärin wieder Wolfgang zu der immer noch zwischen ihr und ihren Jungen wie erstarrt stand. Die Bärin schlug ihm die Tatze vor die Brust, Wolfgang schrie auf und stürzte nach hinten um. Mit einem Satz war sie nun über ihm. Die anderen drei Männer des Trupps ergriffen die Fluch, ließen Wolfgang im Stich und rannten die Schlucht wieder hinab so schnell sie konnten.

Am anderen Ende der Lichtung trat Edith aus dem Wald. Sie hatte den Lärm des Kampfes und den Schrei gehört weil ihre Hütte nicht weit weg von der Lichtung war. Die Bärin bemerkte sie, ließ von Wolfgang ab und richtete sich auf. Edith trat auf die Bärin zu und nun standen sie sich beide gegenüber. Edith erhob ihre Arme und rief die Geister des Waldes zur Hilfe. Die Bärin zuckte zusammen, drehte sich um und verschwand mit ihren beiden Jungen im Unterholz des Waldes. Edith trat schnell zu den beiden Menschen am Boden. Der Mann, dessen Hals die Bärin getroffen hatte, war bereits tot. Danach trat sie zu dem anderen und erkannte ihren Bruder. Er war Bewusstlos und schwer verletzt. Edith schleppte ihn zu ihrer Unterkunft.

Sie legte ihn auf ihr Lager und suchte ein paar Kräuter zur Blutstillung heraus die sie auf die Wunde legte. Mit einem Tuch verband sie die Wunde und mischte eine Tinktur mit der sie ihn einrieb. Nach ein paar Stunden bekam Wolfgang Fieber und sie musste ihm einen Trunk zur Fiebersenkung verabreichen. Wenn er die nächste Nacht überstehen würde hätte er eine Chance es zu überleben. Edith blieb wach während die Nacht hereinbrach und wechselte regelmäßig den Verband.

Die geflohenen Männer des Trupps suchten nun den anderen Trupp um mit ihnen zusammen zurück in den Wald zu gehen. Am Morgen trafen sie auf Berthold dem sie alles erzählten was passiert war. Er machte ihnen Vorhaltungen weil sie die beiden Männer im Stich gelassen hatten und nur auf ihr eigenes Leben Rücksicht genommen hatten. Zusammen machten sie sich auf den Weg in die Schlucht. Vorsichtig bewegten sie sich die Schlucht entlang, immer auf der Hut das der Bär oder ein anderes Tier nicht übersehen wird.

Wolfgang öffnete am Mittag die Augen und sah Edith an, die ihm gerade den Verband wechselte. Er war noch sehr schwach und sie gab ihm ein Getränk zur Stärkung. Er bedankte sich bei ihr und entschuldigte sich dafür, dass er sie verfolgt hatte. Edith nahm seine Hand und vergab ihm. Dann machte er die Augen zu und schlief vor Erschöpfung wieder ein.

Berthold betrat nun mit seinem Trupp vorsichtig die Lichtung. Er fand den Mann den die Bärin am Vortag getötet hatte aber Wolfgang war nicht da. Hatte ihn die Bärin verschleppt? Er blickte auf und sah am anderen Ende der Lichtung einen grauen Wolf. Neben dem Wolf tauchte nun Edith aus dem Unterholz auf. Sie streichelte dem Wolf über den Kopf und ging dann schnell zu den Männern hinüber als sie Berthold erkannte.

Berthold und Edith fielen sich freudig in die Arme und begrüßten sich. Danach brachte sie die Männer zu ihrem Lager. Sie sagte "Er hat viel Blut verloren, aber er wird es schaffen. Wenn sich seine Wunden geschlossen haben können wir los. Das wird aber noch zwei Tage dauern." Berthold vertraute ihrem Urteil und schickte die Männer zurück ins Dorf, nur Friedrich sollte bei ihm bleiben. Die Männer sollten den Toten mitnehmen und in zwei Tagen mit einem Wagen wieder da sein um sie hier abzuholen. Die Männer verabschiedeten sich und machten sich schnell, doch vorsichtig auf den Weg über die Lichtung und durch die Schlucht.

Berthold erzählte von seinen Erlebnissen und dem Treffen mit dem König, sie erzählte von ihren Leben im Wald und den vielen Freunden die sie hier gefunden hatte. Sie wechselte immer wieder den Verband von Wolfgang der ab und zu, jetzt immer häufiger, bei Bewusstsein war. Von Zeit zu Zeit kam der graue Wolf vorbei und wurde von Edith gefüttert oder gestreichelt. Berthold ging mit dem Bogen auf die Jagd konnte aber nicht viel Wild im Wald finden. Da sie etwas Proviant mitgebracht hatten konnten sie am Feuer, das Friedrich gemacht hatte, sitzen und essen. Nachts hielt immer einer der drei Wache und kümmerte sich um Wolfgang. Solange das Feuer brannte war mit wilden Tieren nicht zu rechnen, diese hielten sich fern von den Menschen.

Als die Sonne aufging konnte sich Wolfgang schon aufsetzen und etwas essen. Edith hatte ihn gerettet und die Wunden schlossen sich langsam. Berthold versuchte wieder sein Glück bei der Jagd, doch auch diesmal kam er mit leeren Händen zurück. Edith hatte ein paar Früchte, Kräuter und Wurzeln gesammelt aus denen sie eine Mahlzeit zubereitete.

Am zweiten Tag bauten Berthold und Friedrich eine Trage aus Zweigen. Edith räumte ihr Lager zusammen und packte alles ein. Als die Sonne hoch am Himmel stand kamen die Männer des Trupps wieder. Sie hatten den Wagen mit den Pferden in der Schlucht gelassen. Vier Mann bewachten den Wagen und vier holten nun Wolfgang mit der Trage. Friedrich half Edith beim tragen ihrer Sachen und die steckte den kleinen Kater wieder in ihre Tasche, dann verabschiedete sie sich von dem Wolf der seinen Kopf an ihr rieb.

Die vier Männer nahmen Wolfgang mit der Trage auf und gingen langsam über die Lichtung. Als sie den Wagen erreicht hatten legten sie ihn hinein und dann brachen alle schnell zum Dorf auf damit sie noch vor Einbruch der Dunkelheit wieder zu Hause sein würden.

20. Kapitel

Vom König zum Kaiser

Der Sommer war da und wieder war es August als ihr König sie zu einem neuen Feldzug rief. Es war das Jahr 961 und es sollte nach Italien gehen. Als Ritter musste Berthold dem Ruf seines Königs folgen da aber wieder Erntezeit war nahm er nur Friedrich sowie zwei unverheiratete junge Männer aus dem Dorf mit. Die vier verabschiedeten sich von ihren Familien und machten sich auf den Weg nach Augsburg. Berthold kannte den Weg ja noch aber diesmal konnten sie sich Zeit lassen. Sie rasteten unterwegs in Schänken und Gasthäusern, nur wenn es nicht anders ging übernachteten sie auch mal an einem Waldrand oder Feldrain. Dabei musste dann immer einer wach bleiben und aufpassen. Eine Woche nach ihrem Aufbruch aus dem Dorf hatten sie das Lager erreicht und meldeten sich beim Herold an welcher ihnen das Lager zuwies.

Als alle Ritter, der Tross sowie das Fußvolk versammelt waren brach das Heer unter Führung des Königs auf und zog südwärts. Der lange Tross zog sich über viele Kilometer hin, Pferde, Ritter, Fußvolk, Wagen mit Zelten sowie Verpflegung, an alles musste gedacht werden. Die lange Kolonne überquerte die Alpen am Pass über den Brenner und zog in Italien erst mal zu der Stadt Trient.

Hier in Italien sah es ganz anders aus als in ihrer kalten, nördlichen Heimat. Seltsame Bäume standen einzeln in einer sehr freien Landschaft. Zusammenhängende Wälder gab es so gut wie gar nicht. Hervorragende Straßen verbanden kleine beschauliche Dörfer. Überall wurden sie fröhlich begrüßt und Feinde waren nicht zu sehen, Kämpfe gab es auch keine. Es war fast wie ein Sonntagsausflug dort, nur viel wärmer obwohl ja schon Herbst war.

So zogen sie langsam zu einer Stadt mit Namen Pavia. Dabei kamen sie an einem sehr schönen und malerisch gelegene See entlang der sich kilometerlang an der Straße hinzog. König Otto wollte in Pavia erst mal mit dem ganzen Heer rast machen und das Weihnachtsfest feiern. Berthold dachte an die im Dorf gebliebenen. Lieber wäre er jetzt bei seiner Familie und eigentlich sah er gar nicht ein was er hier sollte. Es gab für einen Kämpfer hier nichts zu tun. Bisher waren alle Feinde lange vor ihnen verschwunden und hatten sich auf ihre Burgen zurückgezogen und Otto hatte keine Lust sie dort zu belagern. Also ließen sie die Burgen einfach hinter sich und zogen immer weiter in die Ebene hinaus.

Ende Januar erreichte das Heer endlich Rom ohne das sich ihnen irgendjemand in den Weg gestellt hätte. Die ewige Stadt war sehr schön obwohl da an einigen Stellen nur noch Ruinen von der einstigen Pracht der vergangene Jahrhunderte zeugte. Das Heer lagerte außerhalb der Stadt an einem Hügel und nur ein paar Ausflügler zogen ab und zu durch die Stadt. König Otto sprach beim Papst Johannes XII. vor und dieser willigte ein Otto am zweiten Februar des Jahres 962 zum Kaiser zu krönen. Es war ein großes Fest und fast alle Ritter nahmen daran teil. Die vornehmeren Ritter und die mit den höheren Rängen konnten in der Kirche bei der Zeremonie dabei sein. Alle anderen, so auch Berthold, standen vor der Kirche. Es war eine wirklich große Kirche, irgendwann würde auch ihre neue Kirche in Magdeburg so groß sein dachte sich Berthold. Als der König, jetzt als Kaiser, die Kirche verließ jubelten ihm alle zu. Mit seiner Frau stand er auf der Treppe vor der Kirche und blickte auf die Ritter seines Heers herunter und freute sich über den Jubel. Er dankte ihnen für ihre Treue und winkte ihnen zu. Anschließend bestiegen der Kaiser und die Kaiserin den Wagen und fuhren zum Lager zurück.

Auf dem Rückweg von der Zeremonie zum Lager musste Berthold einem alten klapprigen Wagen ausweichen der auf der Straße fuhr. Dabei stürzte sein Pferd und er brach sich den linken Arm. Er stieg wieder aufs Pferd und ritt trotz der Schmerzen weiter. Von den Badern im Lager wurde er versorgt und meldete sich beim Herold aus dem Heer ab um mit seinen drei Kameraden wieder auf den Weg nach Hause zu gehen.

Langsam aber stetig zogen sie denselben Weg zurück den sie gekommen waren und auch hier war nirgends ein Feind zu sehen. Sie übernachteten in Gasthäusern aber Bertholds Wunde wollte nicht heilen. Sie zogen wieder über den Brenner zurück, der Winter war vorbei sie konnten diesen Pass ohne Probleme überqueren. Nun waren sie wieder in Freundesland, im eigenen Reich wo sie über Augsburg wieder in die Heimat zogen.

Zu Beginn des Sommers und damit pünktlich zur Ernte waren sie nach fast einem Jahr wieder in ihrem Dorf angelangt. Ohne einen einzigen Kampf aber dennoch verletzt vertraute sich Berthold wieder der Kunst Ediths an. Diese versorgte ihn mit ihren Kräutern und mit all dem Wissen was sie bei ihrem Ausflug damals in den Harz vor vielen Jahren gelernt hatte. Auch Johannas Pflege und Zuwendung hatte eine gute Wirkung auf den Heilungsprozess. Er erzählte im Dorf von der Krönung und von den weiten Ebenen Italiens. Er hatte ein paar Dinge für Johanna und die Kinder dort gekauft und mitgebracht. Ein Buch in Latein hatte er ebenfalls gekauft und das wollten sie dann immer auf ihrer Bank lesen. Berthold, Johanna, die vier Kinder setzten sich dann immer hinter die Hütte und Berthold fing an zu Lesen oder von Italien zu erzählen.

Ab und zu schaute Edith vorbei und bereitete wieder einen ihrer Verbände oder eine Trunk zu. Durch all die Betreuung heilte die

Wunde nun ganz schnell wo sie doch vorher fast ein halbes Jahr nicht heilen wollte.

Berthold machte auch einige Übungen damit er den Arm wieder benutzen konnte und zum Weihnachtsfest war alles verheilt. Am Heiligen Abend gingen alle zur Kirche und Berthold dankte Gott sowie Edith für die Genesung. Er dankte auch dafür, dass sie aus dem fremden Land wieder alle zurück waren. Er erfuhr, dass es in Italien dann doch noch Kämpfe gegeben hatte aber er war ja zu diesem Zeitpunkt schon wieder in seinem Dorf.

Der König hatte von seinem Ausflug aus Italien einige Reliquien und Schätze zur Kirche nach Magdeburg geschickt so, dass diese Kirche eine der reichsten Kirchen in seinem Reich geworden war. In den Gängen der Kirche bestaunten alle diese Schätze aus dem fernen Land und zu einigen konnte Berthold seinen Kindern Geschichten erzählen.

21. Kapitel
Der Abschied

Nach seinen Sieg über die Ungarn hatte König Otto sie aufgerufen eine mächtige Kirche, einen Dom, zu bauen wo jetzt noch ihre Klosterkirche stand. Sie sollte so gewaltig werden, dass die Slawen auf der anderen Seite der Elbe sie nicht übersehen konnten. Otto wollte zum Lobe des Herrn ein Zeichen setzen und mit dieser Kirche zeigen wie groß die Macht seines Gottes war.

Die Slawen hatten noch ihre alten Götter und keine Kirchen. Sie hatten noch die Eichenhaine und ihre Götterbilder. Diese neue Kirche sollte alle Eichen überragen und wie ein Finger auf Gott im Himmel zeigen. Die Dörfer aus der Umgebung, und somit auch Bertholds Dorf, sollten nun wieder das Material zum Bau dieser Kirche bereitstellen. Darum stellte Berthold erst einmal, in Absprache und mit der Genehmigung des Bischofs, den Bau seiner Burg, der ihm ja vom König aufgetragen worden war, zurück. Zuerst sollte die Kirche errichtet werden.

Im Dorf hatte sich nicht viel geändert, Edith lebte wieder in ihrem kleinen Haus am Wald doch der Streit mit Wolfgang ging Berthold nicht aus dem Kopf. Wenn dieser ihn so hintergehen konnte, konnte er ihm dann noch vertrauen? Er war sich da nicht so ganz sicher und suchte nach einer für alle angenehme Lösung. Bei einem Besuch beim Bischof hatte er gehört, dass auf der Königspfalz in Tilleda ein Verwalter gebraucht würde. Die Pfalz lag ein ganzes Stück weit weg im Süden und Berthold setzte sich dafür ein, dass Wolfgang diese Stelle bekam. Durch seine Tapferkeit in der Schlacht, die sich auch bis zum Bischof herumgesprochen hatte, hatte er einen gewissen Einfluss und der Bischof wollte ihm diese Bitte nicht abschlagen.

Wieder im Dorf befragte er Wolfgang was er dazu meinte. Er hätte es zwar auch anweisen können doch er wollte die ehrliche Meinung seines Bruders hören. Wolfgang war einverstanden und sie würden bereits am übernächsten Morgen aufbrechen. Magda und Wolfgang begannen nun ihre Sachen zusammen zu packen und wollten sich mit einem großen Fest im Dorf verabschieden. Wolfgang wollte dazu im Wald ein Wildschwein erlegen und machte sich deshalb zusammen mit Karl am nächsten Morgen auf den Weg in den Wald.

Sie hatten einen der ungarischen Bögen mit, den Berthold in der Schlacht erbeutet hatte. Gegen Mittag kamen beide zurück. Sie hatten die Beine des Schweins zusammengebunden, das Schwein so auf einen Ast gesteckt und trugen es zwischen sich. Wolfgang und Siegfried nahmen das Schwein aus. Siegfried holte wieder den Spieß aus seiner Schmiede und das Schwein wurde noch am selben Mittag über das Feuer gehängt damit am Abend alle etwas davon essen konnten. Wolfgang ritt danach mit zwei Pferden los und holte Edith zu dem Fest ab. Er und Magda wollten sich noch einmal bei ihr entschuldigen. Es wurde eine sehr schöne Feier mit Musik und Tanz die bis spät in die Nacht ging.

Am nächsten Morgen verstauten sie ihre Sachen auf einem Wagen und verabschiedeten sich von allen im Dorf. Berthold wollte sie mit vier Mann begleiten und danach wieder zurückreiten. Sie kamen gut voran und bereits am nächsten Tag würden sie am Ziel sein. Die Nacht wollten sie in einer Schänke auf halbem Wege verbringen. Am Abend erreichten sie diese Schänke und brachten die Pferde in den Stall. Nach dem Abendessen in der Schankstube bezogen sie die Zimmer und schliefen fest bis zum nächsten Morgen durch. Sie bezahlten die Übernachtung und machten sich wieder auf den Weg.

Der Wald wurde nun etwas dichter. Zwei ritten voraus und dann kam der Wagen. Berthold mit Friedrich und einem weiteren Mann war etwas weiter zurückgeblieben als sie von vorn Geschrei hörten. Ein paar Räuber versuchten gerade den Wagen zu überfallen. Sie hatten die beiden Reiter vom Pferd geholt, kämpften mit den beiden und wollten sich gerade auf den Wagen stürzen als Berthold von hinten mit gezogenem Schwert in sie hinein ritt. Links und rechts nach unten schlagend tötete er zwei der Räuber und die anderen ergriffen sofort die Flucht. Berthold setzte kurz nach doch sie verschwanden schnell im Unterholz des Waldes. Einen schnell abgeschossenen Pfeil fing Berthold mit dem Schild ab.

Die Räuber hatten bestimmt gedacht sie hätten leichtes Spiel mit den beiden Reitern und würden im Wagen gute Beute finden, doch da hatten sie eben nicht mit Berthold und den anderen gerechnet. Diese hatten sie vermutlich, durch den großen Abstand, nicht gesehen. Der kleine Zug setzte schnell seinen Weg fort um den Wald wieder zu verlassen. Diesmal blieben sie näher zusammen.

Gegen Mittag sahen sie die Pfalz auf einem Hügel vor sich. Es waren etwa ein Dutzend Häuser und Ställe sowie zwei größere Häuser. Das Ganze war umschlossen von einer Palisade aus Baumstämmen mit einem Tor über dem ein Turm thronte. Berthold ritt zu dem Tor und rief die Wachen heraus. Ihnen übergab er das Schreiben des Bischofs. Dieses brachten sie dem alten Verwalter der nach kurzer Zeit vor das Tor trat und sie begrüßte. Anschließend bat er alle in die Pfalz und die Wachen schlossen hinter ihnen das Tor. Er zeigte Wolfgang und Magda ihr neues Haus und Magda begann zusammen mit zwei der Männer den Wagen auszuräumen. Der alte Verwalter zeigte nun Berthold und Wolfgang die ganze Pfalz. Die Besatzung waren nur etwa ein Dutzend Knechte mit ihren Familien, die sowohl die täglich Arbeit verrichten als auch die Pfalz verteidigen mussten sollte das notwendig sein.

Die Pfalz diente dem Kaiser und König als zeitweiliger Verwaltungssitz wenn er im Land umherreiste. Sie sahen sich die Räume an in denen er mit seinem Gefolge wohnte wer er in der Pfalz war. Momentan war er in Norditalien unterwegs, er hatte aber keinen festen Regierungssitz. Immer da wo er gerade war ist auch der Regierungssitz. Einen Thron gab es auch in der Pfalz so wie in jeder anderen auch. Der Verwalter lud sie noch alle zum Abendessen ein und danach gingen sie wieder in das neue Haus von Wolfgang. Berthold wollte am nächsten Morgen mit den Männern und dem leeren Wagen wieder in das Dorf zurück reiten.

Am Abend wurden sie reichlich bewirtet und der Verwalter sagte zu Wolfgang, dass er die nächsten zwei Wochen die Pfalz an ihn übergeben würde und danach wo anders eingesetzt würde. Am nächsten Morgen verabschiedete sich Berthold von Wolfgang und Magda, danach verließ er die Pfalz und machte sich auf den Rückweg. Wolfgang sah ihm vom Turm lange nach bevor er wieder zu Frau und Kind in das Haus ging.

22. Kapitel
Alles gewinnen oder alles verlieren

Jetzt, da Berthold in seinem neuen Rang war, wurde auch von ihm verlangt, an den Turnieren teilzunehmen. Eigentlich war das wie bei den Übungen im Dorf nur das man sich zum Turnier immer mal woanders traf. Nun war es wieder mal soweit und ein Bote brachte die Aufforderung und den Ort an dem man sich treffen würde. Berthold und Johanna packten ein paar Sachen zusammen, Johanna übergab ihre Kinder zur Betreuung an Gundula, und zusammen mit Friedrich machten sie sich zu dritt auf dem Weg.

Über Nacht waren sie in einer Schänke untergekommen und am nächsten Tag ging es nach Sonnenaufgang weiter. Am Abend erreichten sie dann die Ortschaft in deren Nähe das Turnier stattfinden sollte. Einige Reiter waren schon da, andere kamen noch mit ihren Begleitern an geritten und machten im Lager ihr Quartier aus. Einige kannte Berthold und bei anderen war Bertholds Einsatz bei der Schlacht nicht unbeachtet geblieben. Man sprach sich ab damit man zusammen in der Gruppe antreten konnte und zum Abendessen am Lagerfeuer waren die Aufteilungen für den nächsten Tag besiegelt. Mit einem Handschlag einigte man sich auf den gemeinsamen Kampf im Turnier.

Das Ziel des Turniers war es möglichst viele Reiter der "feindlichen" Gruppe auszuschalten oder gefangen zu nehmen. Für die Gefangenen konnte man ein Lösegeld verlangen. Je höher der Rang oder die Stellung des Gefangenen war desto höher war das Lösegeld das man verlangen konnte. Diese hatten dafür mehr Geld für Mitstreiter die nun wieder diese höhergestellten Reiter beschützen und Verteidigen konnten.

Am nächsten Morgen legte Berthold seine Rüstung an, Friedrich half ihm dabei und Johanna machte sich bereit, damit sie, zusammen mit den anderen Frauen, das Turnier von einem nahe gelegenen Hügel aus verfolgen konnte. Sie verabschiedete sich von Berthold und wünschte ihm viel Glück. Johanna ging in die eine Richtung und Berthold ritt in die andere um sich mit der Gruppe zu treffen in sowie mit der er heute kämpfen würde. Sie begrüßten sich per Handschlag und nahmen danach ihre Position in der Schlachtordnung ein. Mit Schild und Speer warteten sie auf das Trompetensignal des Herolds welches sie zum Angriff auf die gegnerische Gruppe rufen sollte.

Am gegenüberliegenden Feldrand, in etwa einem Kilometer Entfernung, konnte er die Reiter der anderen Gruppe sehen. Links von ihnen standen die Frauen und andere Beobachter auf einem Hügel rechts war ein kleines Wäldchen und hinter ihnen das Dorf mit dem Lager in dem sie die Nacht verbracht hatten. Ungeduldig stampften die Pferde und warteten auf den Beginn. Genauso ungeduldig waren ihre Reiter, da ertönte das Trompetensignal vom Hügel aus und alle stürmten nach vorn.

Das Schild schützend vor dem Körper und den Speer eingelegt jagten die beiden Gruppen aufeinander zu und versuchten die jeweils anderen mit dem Speer vom Pferd zu stoßen. Ein krachen und bersten der Speere setzte ein und einige wurden aus dem Sattel geworfen. Schnell brachten sie sich seitlich in Sicherheit um nicht unter die Pferde zu kommen. Ein paar von ihnen waren durch die Speere und Hufe verletzt worden und wurden durch die Bader aus dem Feld in Richtung des Wäldchens gezogen. Bertholds Speer war beim Zusammenstoß abgebrochen, er saß auf dem Pferd und griff nun zum Schwert für die Zweikämpfe.

Johanna sah vom Hügel aus auf die ineinander verkeilte Masse von Kämpfern herunter. Durch den Staub, den die Pferde aufgewirbelt hatten, konnte sie den Verlauf des Kampfes nicht genau verfolgen. Es hätte ihr aber sowieso nichts genutzt weil alle ineinander ritten und nicht zu unterscheiden waren wer wer war. Nur die Farben der Schilder waren noch zu unterscheiden, aber auf die Entfernung war da nichts zu sehen. Sie hoffte nur, dass Berthold nichts geschah. Sie hatte von anderen Frauen gehört, dass es beim letzten Turnier auch ein paar tote Ritter gegeben hatte. Einer davon war beim Sturz unter sein Pferd gekommen und erdrückt worden.

Berthold war mitten drin. Gestern Abend hatte er sich die Schilder derer eingeprägt bei denen das meiste zu holen war. Nun sah er das gelb-rote Schild mit dem Löwen drauf auf das er sich mit den Kämpfern seiner Gruppe geeinigt hatte. Der Ritter war von einer ganzen Gruppe von Kämpfern umgeben und Berthold ritt da hinein und zersprengte die kleine Gruppe. Andere seiner Gruppe folgten ihm nun und hielten die Begleiter davon ab Berthold anzugreifen. Dieser ritt genau auf den anderen Ritter zu und warf ihn einfach aus dem Sattel. Schnell sprang er hinterher und drückte den anderen zu Boden. Dann setzte er sein Messer an und der andere Ritter gab auf. Berthold hatte ihn gefangen genommen und alle jubelten. Der andere Ritter ging zum Herold und galt als besiegt. Bertholds Sieg wurde anerkannt und notiert. Er schwang sich wieder aufs Pferd und ritt in die Gruppe hinein auf der Suche nach dem nächsten zu besiegenden Ritter.

Nach dem Ende des Kampfes konnte Berthold noch zwei weitere Gefangennahmen auf seinem Konto verbuchen. Johanna hatte alles, da sie hinter dem Herold stand und lesen konnte, mitbekommen und war stolz auf ihren gut kämpfenden Mann. Am Abend wurden die Lösegelder von den Frauen der besiegten Ritter gezahlt und somit ihre Männer wieder ausgelöst. Die Gruppe von Berthold teilte dann das Lösegeld entsprechend der Leistungen auf. Da Berthold die drei

Gefangen genommen hatte war sein Anteil an der Beute auch entsprechend größer. Sie feierten noch ihren Sieg zusammen mit den Frauen in einer nahe gelegenen Schänke und danach gingen alle wieder in ihr Lager. Am nächsten Tag sollte alle wieder abreisen beim Kampf gab es diesmal nur leicht verletzte so das auch diese schon am nächsten Tag mit abreisen konnten.

Am Morgen des Abreisetages wollten Berthold und Johanna noch auf den Markt des kleinen Dorfes gehen um etwas für die Daheim gebliebenen einzukaufen. Friedrich bereitete die Pferde vor und packte schon alles für die Abreise zusammen. Johanna fand ein schönes Tuch das sie sich kaufte und Berthold kauft etwas Spielzeug für die Kinder sowie einige kleinere Dinge für den Haushalt die es bei ihnen im Dorf nicht gab. Alles verpackten sie in ihre Umhängetasche in der sie auch den Erlös für die Gefangennahmen verstaut hatten. Froh über den Ausgang des Kampfes machten sich die drei wieder auf den Weg zu ihrem Haus. Sie hatten viel gewonnen, aber es hätte auch anders ausgehen können. Das Glück war auf ihrer Seite gewesen.

23. Kapitel

Die Burg

Es hatte dreizehn Jahre gedauert bis der Dom in Magdeburg fertig gestellt war und genau so lange hatte Berthold den Bau seiner, ihm vom König zugesicherten, Burg zurückstellen müssen. Doch nun sollte es endlich soweit sein. Es war das Jahr 968 und Berthold war nun 38 Jahre alt, in diesem Frühjahr wollte er mit dem Bischof den Baubeginn abstimmen. Den Platz dafür hatte er schon lange gefunden und nun musste nur noch die Zustimmung durch den Lehnsherrn erfolgen.

Er ritt an diesem Tag nach Magdeburg und sah den neu gebauten Dom schon von weiten stehen. Seine Burg sollte man genau so weit sehen können wenn man sich dem Dorf nähern würde. Ein großer Turm sollte allen zeigen wie wehrhaft diese Burg ist und von dort aus hätte man ja auch eine weite Aussicht, man würde Feinde schon aus großer Entfernung kommen sehen.

Am Sitz des Bischofs angelangt brauchte er nur wenig Zeit um seine Bitte vorzutragen. Der Bischof hatte schon damit gerechnet, dass Berthold nun auf ihn zukommen würde. Er stimmte dem Baubeginn nach der Ernte im Herbst zu. Auch die Mittel und Materialien für den Bau wie Steine sowie die erfahrenen Handwerker würde er ihm zur Verfügung stellen. Sie einigten sich mit einem Handschlag, so wie das eben üblich war. In der Registratur des Klosters stellte Mönch Theobald das entsprechende Dokument aus und am nächsten Sonntag wollte der Bischof im Gottesdienst den Bau der Burg bekannt geben.

Berthold, froh über die Entscheidung und Genehmigung, ritt wieder zu seinem Dorf zurück. Dort angekommen erzählte er seiner Familie von der Antwort des Bischofs. Am Abend ging er zu der Stelle wo er seine Burg errichten wollte und dankte Gott für die glückliche Fügung sowie sein bisheriges Leben. Sein Sohn Hagen, der jetzt fünfzehn Jahre alt war, begleitete ihn und Berthold schilderte ihn, wie schon so oft, wie er sich die Burg vorstelle. Hagen würde sie eines Tages von ihm übernehmen und in seinem Sinne weiter führen.

Im Herbst desselben Jahres legte er den ersten Stein an die Stelle an der einst ein Tor zu seiner Burg stehen würde. Die ersten Ochsenkarren voll Steinen kamen, wie vom Bischof versprochen, an und die Handwerker, die zuvor am Dom gearbeitet hatten, begannen mit dem Bau eines Fundaments für einen gewaltigen Turm. Stück für Stück, Mauer für Mauer und Haus für Haus errichteten sie die Burg. Um das ganze Areal zogen sie die erste Mauer und darum den ersten Graben, darum die zweite Mauer mit dem zweiten Graben.

Die Handwerker und Baumeister hatten viel Erfahrung, sie zogen von Burg zu Burg um zu bauen. Wenn eine Burg oder Kirche fertig war zogen sie zur nächsten. Auch die Steinmetze wussten genau was und wie zu errichten war und wie man die Steine bearbeiten und setzen musste. Da wo das Tor war überspannte nun eine Brücke beide Gräben und unterbrach die beiden Mauern mit jeweils einem Torhaus und einer Zugbrücke.

Im Sommer und Winter ruhte der Bau und im Frühjahr und Herbst wuchs die Burg langsam an der von Berthold festgelegten Stelle im Norden seines Heimatdorfes in die Höhe. Als erstes hatten sie sich ein Wohnhaus im Bereich der Burg bauen lassen und als es fertig war waren sie in dieses Haus umgezogen. Somit lebten sie nun ständig auf der Baustelle und sahen die Burg um sich herum in den Himmel wachsen.

Johanna kochte das Essen für die Familie und die Handwerker. Zusätzlich kümmerte sie sich um die vier Kinder die sie mittlerweile hatten. Zwei Jungen und zwei Mädchen. Berthold und Hagen halfen beim Bau wo immer das möglich war. Sie holten Holz aus dem Wald. Durch die vielen Baustellen der letzten Zeit ging der Wald immer mehr zurück und sie mussten zum Holz holen immer weitere Strecken bis zu ihrer Burg zurücklegen.

Von Zeit zu Zeit kontrollierte auch der Bischof den Stand der Bauarbeiten auf der Burgbaustelle. Bis der Bau abgeschlossen war gingen aber zehn Jahre ins Land. Am Abend des Tages, an dem alles fertig war schloss Berthold das Tor und ging mit Hagen und Johanna auf den Turm. Sie blickten auf ihre Burg herunter und auf das Land ringsum. Sie konnte bis zur Elbe sehen von dort oben herab.

Der Turm stand unmittelbar neben ihrem Wohnhaus und die Burg war kreisrund mit dem Wohnhaus im Mittelpunkt der Burg. Der Hof war durch drei Mauern in drei etwa gleich große Teile aufgeteilt und wenn man vom Tor zum Wohnhaus wollte musste man erst vier Tore passieren. An jedem konnten die Verteidiger im Notfall das davor liegende Gelände unter Pfeilbeschuss nehmen.

In der Burg lebten nun Berthold mit Johanna und den vier Kindern sowie Friedrich mit vier Knechten und deren Familien. Alle zusammen etwa zwanzig Personen die im Verteidigungsfall alle in irgendeiner Weise zu den Waffen greifen und die Burg verteidigen mussten. Für die Menschen des Dorfes war bei einem Angriff ebenfalls Platz in dieser Burg vorgesehen und die Vorräte wurden nicht mehr im Gemeinschaftshaus sondern in den Scheunen der Burg verwahrt. Auch für die Tiere der Dorfbewohner war in den Ställen Platz vorgesehen. Berthold hatte die Burg von Anfang an etwas größer geplant.

Im normalen Alltag wurden die Tiere in den Ställen versorgt, es wurde gekocht, die Ernte in die Scheunen gebracht, einer der Männer hatte immer Wache auf dem Turm und einer am Tor. In der Nacht wurden die beiden Zugbrücken über den Gräben hochgezogen und bei Tagesanbruch wieder herunter gelassen, damit der Zugang zur Burg wieder gewährt wurde.

Die Gräben wurden nach und nach mit Wasser gefüllt und rund um die Burg auf der Burgmauer konnten Schützen mit Pfeil und Bogen in die Gräben hinein schießen. Auch die Übungen mit den Waffen und Pferden musste regelmäßig vorgenommen werden. Johanna übte ebenfalls das Bogenschießen und sie war sehr gut darin. Alles auf der Burg nahm seinen gewohnten Lauf der nur davon unterbrochen wurde wenn Berthold mal wieder auf ein Turnier musste oder eine Übung angesetzt war. Auf den Turnieren begleitete ihn nun Hagen dem sein Vater all das beibrachte was er in der Kriegskunst wusste und konnte.

24. Kapitel
Aufbruch in eine neue Zeit

Sie lebten nun schon eine ganze Weile auf ihrer Burg als ihr jüngster Sohn Friedrich, er war nun auch schon zwanzig Jahre alt, zu Berthold und Johanna kam. Hagen sollte ja die Burg erhalten, aber er würde dabei leer ausgehen. Er hatte von einem Boten des Bischofs gehört, dass in dem fernen Meißen noch Ritter gesucht würden und diese dort auch selbst Land erhalten konnten wenn sie tapfer genug seien. Berthold und Johanna dachten lange nach ob sie dem Ansinnen ihres jüngsten Sohnes nachgeben sollten oder nicht. Einerseits hatte er Recht, sich etwas Eigenes aufzubauen war in ihrer Burg nicht möglich aber anderseits war Meißen so weit weg von ihnen.

Schließlich stimmten sie zu, dass er im nächsten Frühjahr, nach der Aussaat, mit der Kolonne des Bischofs mitziehen dürfe. Siegfried teilte die Entscheidung seiner Eltern dem Bischof mit und dieser setzte ihn mit auf die Liste der Ritter welche den Tross begleiten werden. Den ganzen Herbst und Winter übte Berthold verstärkt mit Siegfried damit dieser in der kurzen Zeit all das lernte was er brauchen würde und bis dahin noch nicht kannte. Als Ritter würde er auch an den Turnieren teilnehmen und kämpfen müssen. So fern wie er dann sein würde konnte man sich dann höchstens mal auf einem gemeinsamen Turnier wieder treffen.

Als nun die Zeit herangekommen war für den Abschied überreichte Berthold Siegfried ein neues Schwert mit dem er sich zu verteidigen hatte und welches ihm im Kampf unterstützen sollte. Johanna hatte ihm alle seine Sachen eingepackt und Siegfried hatte alles schon zum Tross gebracht wo es verstaut wurde.

Am Tag vor dem Abschied waren Berthold und Hagen in den Wald gezogen um ein Schwein für die Abschiedsfeier zu erlegen sie konnten aber nur einen Rehbock zur Strecke bringen und dachten sich: besser der als nichts. Mit dem Rehbock machten sie sich wieder auf den Rückweg und in der Burg kam dieser auf den Spieß über das Feuer.

Am Abend trafen alle Freunde und Bekannte aus dem Dorf ein und ließen sich das Reh schmecken. Siegfried verabschiedete sich von seinen Freunden die ihn seit seiner Kindheit betreut und ausgebildet hatten. Mit einer kurzen Ansprache danke er allen, vor allem aber seinen Eltern für die Hilfe und Unterstützung. Als das Feuer niedergebrannt, das Reh verzehrt und alle nach Hause aufgebrochen waren wurden die Zugbrücken hochgezogen und die Tore verschlossen. Siegfried würde die letzte Nacht in der Burg verbringen und Johanna war sich nun nicht mehr ganz so sicher ob sie das richtige tun würden doch Berthold und Hagen beruhigten sie.

Bei Sonnenaufgang am nächsten Morgen sattelte Siegfried sein Pferd im Stall. Anschließend verabschiedete er sich von seinen Geschwistern und seiner Mutter. Das Pferd am Zügel ging er zum Tor wo Berthold schon auf ihn wartete. Mich einem Handschlag und einer Umarmung verabschiedeten sich nun auch Vater und Sohn. Siegfried stieg aufs Pferd und schaute sich nach der Burg und dem Dorf um das die letzten zwanzig Jahre sein zuhause gewesen waren und blickte danach nach vorn auf den Weg der ihn in seine Zukunft bringen würde.

Berthold war zu Johanna auf den Turm gestiegen von wo er mit ihr auf die Straße blicken konnte. Beide sahen wie sich Siegfried langsam in Richtung Magdeburg entfernte. Auf dem Weg in sein neues Leben fern von den beiden im anderen Teil Sachsens.